KB115940

곧,
주
말

SHUMATSU COMING

© Tomoka Shibasaki 2012, 2017

First published in Japan in 2017 by KADOKAWA CORPORATION, Tokyo.

Korean translation rights arranged with KADOKAWA CORPORATION, Tokyo
through Danny Hong Agency.

곧, 주말

시바사키 토모카 소설

김미형 옮김

엘리

차
례

여기서 먼 곳

ここからは遠い場所

나는 다리를 보고 있다.

모르는 여자의 다리가 내 눈앞에 있다. 올라가는 긴 에스컬레이터 세 계단 앞에 그 여자가 서 있고, 바로 내 눈앞에 스타킹을 신은 종아리와 특징 없는 검은 가죽 펌프스 힐의 굽이 나란히 놓여 있다.

회색 타이트스커트의 어두침침한 안쪽에서 허벅지 아래쪽이 드러나면서 무릎 뒤편이 꼭 붙어 있다. 통통한 편이지만 자세가 바르고 균형 잡힌 몸매. 허벅지가 봉긋하게 올라온 부분을 따라 스타킹이 하얗게 빛난다. 펌프스 힐은 두께가 중간 정도, 높이는 7에서 8센티. 굽에는 닳은 부분 없이 광택이 남아 있다.

'평범'이라는 단어가 떠오른다. 모든 아이템이 하나같이 '정통'

이다. 소설책에서 아무런 묘사 없이 '여자'라고만 쓰여 있다면 아마 이런 사람, 아니 이런 조합을 떠올릴지도 모르겠다.

보통, 여자, 사람.

이렇게 모르는 여자의 다리를 등 뒤에서 뚫어져라 쳐다보는 상황이 벌어진 것은, 어제 그애가 갑자기 말을 걸어왔기 때문이다.

모르는 그애가.

그애가 다시 떠오른다. 그 얼굴과 다리가.

"고노 마스미 씨. 나 기억 못하죠?"

그애는 어제 휴게실에서 뜬금없이 말을 걸어왔다. 어느새, 좁은 휴게실 공간에 놓인 테이블 구석에서 연어 오니기리를 베어 물고 있던 내 앞에 서 있었다.

"아, 음."

분명 기억나는 얼굴이 아니었다. 마치 표준 양식처럼 더도 덜도 아닌 딱 적당한 메이크업. 옷깃을 세운 흰 셔츠. 검은 타이트스커트에서 뻗은 다리는 가늘고 길고 아름다운 모양이었고, 8센티는 되어 보이는 검은색 핀 힐 펌프스를 신고 있었다.

"기억 안 나죠? 그럼 말고."

의미심장한 미소를 띠고 그애는 나갔다. 내가 일하는 가게와 같은 3층 안쪽에 있는 네일숍 유니폼이라는 게 생각났지만, 그애는 아무리 생각해봐도 떠오르지 않는다.

주말엔 손님이 끊이질 않는다.

흐트러져 둘둘 말려 있는 옷을 개어 선반에 되돌려놓는다. 개고 또 개고, 몇 분 사이에 방금 갠 티셔츠가 다시 다른 곳에 처박혀 있어서 그걸 펴고 갠다.

쭈그리고 앉아 색깔만 다른 티셔츠와 끝을 딱 맞춰놓자, 대각선 방향 위쪽에서 목소리가 쏟아져 내렸다.

"트레킹 할 땐 이 정도면 괜찮나요?"

"아, 네."

새먼핑크색의 고어텍스 소재 윈드브레이커를 몸에 대고, 고등학생 같은 얼굴을 한 여자애가 서 있었다. 그 뒤로 비슷한 키와 몸집의 여자애 둘이 더 있었다. 셋 모두 셔벗 컬러의 쇼트 팬츠에서 흰 다리가 뻗어 나와 있었다. 옷을 맞춰 입을 땐 의논해서 결정하니? 하고 물어보고 싶을 만큼 비슷한 차림을 한 애들이 꽤 많다.

"그렇죠, 요즘 계절엔⋯⋯"

하고, 나는 다른 종류의 윈드브레이커를 꺼내 옆에 나란히 놓는다. 이쪽이 통기성은 더 좋고 이건 방수가 잘돼서 약간의 비에도 거뜬하다고 설명을 덧붙인다. 산은 날씨가 변덕스럽잖아요, 그런 말이 입에서 술술 나오지만, 나는 산에 오르지 않는다. 등산과 마라톤은 내가 경험해본 이벤트 중 나와 가장 맞지 않는 일이었다. 다들 뭐 하러 애써 피곤한 일을 하려 들까? 도무지 이해가 안 된다.

아웃도어 계열의 옷과 잡화를 파는 내가 일하는 가게는 '산에 다니는 여자'라는 유행에 편승해 판매 수익을 올리고 있지만, 나는 등산을 하지 않는다. 야외 페스티벌 같은 곳도 딱 한 번 갔다가 열이 나서 두 번 다시 가지 않으리라 굳게 결심했다. 바다에도 가지 않는다. 곧잘 싫증을 내는 편이라 오래가는 법이 없지만 굳이 말하자면 요즘 취미는 자수다. 역 반대편에 생긴 대형 수예점에서 키트를 구입해 삼 개월쯤 하고 있다. 완성하더라도 쓸 데가 없다는 게 문제다.

야외 활동은 하지 않아도 이 집 옷은 좋아한다. 내게 맞는 좋은 직장인 것 같다. 여기 다닌 지 조금 있으면 이 년이 된다.

"입어보세요. 사이즈는 스몰이 딱 맞으실 거예요."

안쪽 거울 앞에 여자애를 데리고 간다. 친구들은, 진짜 잘 어울린다, 귀여워, 느낌 좋은데, 같은 무책임한 코멘트를 늘어놓았고, 본인은 어떡할까? 정말 어울려? 귀엽지? 하며 핑크 계열 윈드브레이커를 번갈아 입어보며 망설이기를 계속했다.

플레어 쇼트 팬츠에서 뻗어 나온 맨다리가 가늘었고, 그걸 강조하는 듯 가늘고 높은 샌들을 신고 있었다. 광택이 있는 핑크색 에나멜 소재. 핑크를 엄청 좋아하는 모양이다.

그애들의 다리와 얇은 소재의 티셔츠를 보고, 오늘은 날씨가 덥구나, 그렇게 생각한다.

역 건물 3층 에스컬레이터 옆에 있는 이 가게 안에 하루 종일 틀어박혀 있으면 오늘이 더운 날인지 추운 날인지 도통 알 수가 없다. 바깥이 전혀 보이질 않아 날씨도 알 수 없고 실내 온도는 일 년 내내 변함이 없다. 오픈해서 문 닫을 때까지 같은 밝기의 조명이 비추기 때문에 낮인지 밤인지도 분간이 가지 않는다. 5월인데도 반대편 가게 점원들은 이미 한여름 리조트 패션으로 옷을 맞췄다. 형형색색 꽃무늬의 얇은 옷감이 하늘하늘 눈가에 어른거린다.

핑크를 좋아하는 애가 다른 레인 재킷도 입어보더니, 결국 "사지 말까" 하고는 가게 밖으로 횡하니 나갔다. 나는 옷을 정리하고 선반에 되돌리고 가게를 둘러보고 다른 손님이 원하는 사이즈를 찾아주고 계산대로 돌아갔다.

커다란 거울 앞에서 옷을 대보는 손님 옆에 설 때마다, 어쩔 수 없이 내 모습도 보게 된다. 골격이 크고 전체적으로 사각형인 체형. 티셔츠에 회색 파카. 무릎까지 오는 카고 팬츠 아래로 와플 레깅스, 튼튼한 트레킹 슈즈…… (좀 답답해 보일까?)

외견상으로만 보면 휴일마다 야외에 놀러 다니는 활동적인 유형으로 보일 것이다. 가게 방침에 따라 최소한의 화장은 하고 다니고 머리가 어깨에 닿을 만한 길이라서 간신히 '여자애' 범주에는 들어간다.

가게에는 다양한 유형의 손님이 온다. 날라리 고딩은 별로 없지만, 나처럼 평소에도 움직이기 편한 복장을 한 아이가 있는가 하면, 파스텔 톤의 하늘거리는 스커트를 입은 아이도, 내추럴 컬러

코디를 하고 유기농 야채만 먹을 것 같은 유형도, 그리고 옷에 전혀 관심이 없어 보이는 헐렁한 차림의 수수한 아이도. 오륙십 대, 어머니뻘인 손님들도 하루에 몇 명은 들어온다.

다른 옷가게에 비해 고객층이 다양한 건 아마 실용적인 물건들도 팔기 때문일 것이다. 점원 입장에서는 그 편이 더 재미가 있다. 하루 종일 여기 서서 같은 풍경을 바라봐야 하는 입장에서는 적어도 손님만큼은 변화가 있으면 좋으니까.

"어서 오세요. 안녕하세요" 하고 커다랗게 외치는 소리가 나서 그쪽으로 돌아보니 에스컬레이터 앞에 있는 가게 점원이 세일 상품을 홍보하고 있었다. 아까 들어왔던 고등학생들처럼 허리에 리본이 달린 플레어 쇼트 팬츠다. 저게 올해 유행인가, 남 일처럼 생각한다. 정말로 남 일이다. 내가 입을 일도 없고, 우리 가게에서는 저런 하늘거리는 옷은 팔지 않는다. 리조트 스타일의 점원은 반바지 아래의 발에, 다리 길이를 한층 강조하기 위해 굽이 15센티는 됨 직한 웨지 힐 샌들을 신고 있다. 넘어지지 않는 게 참 희한하다. 새된 목소리가 다시 울려 퍼진다. 저쪽 가게와 이쪽 가게에서 각기 다른 음악이 울리고, 누구 목소린지 분간이 가지 않는 많은 사람들의 이야기 소리, 걷는 소리, 환풍기 소리, 그런 것들이 모두 엉켜 전 층을 뒤덮고 있다.

배낭을 고른 손님에게 계산을 해주기 위해 계산대에 들어갔다.

마침 점장이 다른 손님이 산 모자와 조끼를 종이 가방에 넣고 있었다.

점장은 다음 주면 스물아홉 살 생일을 맞는데 다른 점원들과 의논해 서프라이즈 선물을 하기로 했다. 점장은 등산은 하지 않지만 출근하기 전에 달리기를 한다고 들었다. 나라면, 아침부터 달렸다가는 졸려서 도저히 일을 할 수 없을 것이다.

"점장님은 옷을 갖춰 입기도 하죠?"

"갖춰 입다니?"

"정장이나 예쁜 원피스 같은 거요. 펌프스도 신으시고."

"그야, 어른이니까. 고노짱은 옷차림이 항상 그렇지?"

"네. 스커트랑 굽 높은 구두는 영 안 맞더라고요. 특히 스타킹을 못 신어요. 스타킹을 신었다간 하루 종일 몸이 찌뿌둥한 것 같고, 그냥 내가 아닌 것 같기도 하고. 전에 다니던 회사를 그만둘 때는 아, 이제 더 이상 스타킹을 안 신어도 되겠구나, 그게 얼마나 해방감을 느끼게 했는지 몰라요."

"고노짱, 레깅스는 신잖아. 뭐가 다른데?"

이건 내 머릿속에서만 오가는 대화다. 점장은 애교 있는 목소리로 손님을 배웅한다. 오늘은 정말 바빴고 다른 점원들과 이야기를 나눌 여유가 전혀 없다. 좁은 가게에서 점장과 다른 두 동료들과 몇 번이나 부딪쳤지만 필요한 최소한의 대화만 겨우 나누었다.

바쁠 때, 이상하게도 내 머릿속에는 다른 생각들이 떠다니기 시

작한다. 옷을 개고 제자리에 돌려놓고 손님을 상대하며 손과 입이
점점 기계처럼 움직이게 되면, 문득 엉뚱한 생각들을 떠올리게 된
다. 그게 계속되면 마음이 먼 곳으로 떠나버려 때때로 틀린 사이즈
를 꺼내곤 하니 조심해야 하지만.

또 누군가가 들어오고 누군가가 나간다. 누군가 사 가길 기다리
는 티셔츠와 원피스와 샌들과 가방으로 둘러싸인 통로를, 셀 수 없
을 만큼 많은 사람들이 지나간다. 사람들, 사람들, 사람들. 아, 지금
저 사람 아는 사람 같은데, 하고 눈으로 따라가다 보면 대체로 닮
은 구석이라곤 하나도 없는 사람이곤 한다. 아주, 아주 가끔, 정말
로 친구일 때도 있다. 지난주 수요일엔 대학 동창인 친구가 와서
일을 그만둬서 한가하다고 했다. 결혼할지 모른다고도 했다. 근황
보고를 하려고 일부러 들른 걸까, 나중에야 그걸 깨달았다. 스물여
섯 살에 결혼을 하다니 좀 이르지 않나. 좀 더 나중 일이라고 생각
했지만, 내가 실감을 못해서 그렇게 느낄 뿐일지도 모른다.

셔츠를 개다가 다시 펴본다. 역시 이 마드라스 체크무늬도 살까.
이번 주에 이걸 몇 장 팔아야 되더라.

몇 시일까. 오늘도 짧은 휴식시간이, 이제 곧 돌아올 것이다. 어
제의 그애는 오늘도 있을까. 또 말을 걸어온다면, 뭐라 대답하면
좋을까.

어제 아무리 생각해봐도 전혀 떠오르지가 않더라고요, 그렇게?

나와 나이대가 비슷한 커플이 들어와, 같은 시리즈, 다른 색으로 배낭과 토트백을 사자고 의논하기 시작했다. 얼굴과 팔이 햇볕에 그은 남자는 휴일이면 자전거를 타고 낚시를 다닐 것 같은 분위기였고, 얼굴이 희고 몸은 말랐고 긴 갈색 머리가 살짝 등에 닿는 여자는 하늘색 원피스를 입고 있어 둘이 잘 어울리는 느낌이었다. 평평한 금색 발레 슈즈가 귀엽다.

색깔이 다른 재고를 확인하면서, 내가 이런 식으로 코디한다면 하는 상상을 절로 하게 된다. '히나코'나 '나즈나' 같은 울림의 이름에 경쾌한 목소리로 자주 웃으며 치와와나 토이푸들을 기르고 핸드메이드 과자를 구울 것 같은…… 나와 너무나 달라 떠오르는 이미지가 얄팍하기 그지없지만, 아무튼 이런 생김새로 태어난다면 매일 어떤 생활을 하고 어떤 기분으로 살까 하고 때때로 생각하게 된다. 지금과는 다른 인생이었을까.

배낭과 토트백이 든 종이 가방을 들고 가게 입구까지 나가 커플을 배웅한다. 붙임성 있는 사람들이다. 가볍게 목례를 했더니, 여자의 발레 슈즈와 발목이 눈에 들어왔다. 발이 넓적하고 발목이 굵은 내가 신으면 어울리지 않을 것이다.

어제부터 사람들 발과 다리만 쳐다보게 된다.
휴게실에서 말을 걸어온 그애 때문이다.

다리가 예쁜, 온 몸으로 '여자'임을 외치는 느낌의 그애.

옷을 개는 내 바로 뒤에서 점장은 단골손님이 트레킹 슈즈를 신어보는 걸 돕고 있었다. 손님이 겨우 사이즈를 정하자 점장은 내 쪽을 돌아봤다. 눈이 마주쳤다.

"점장님, 저기요, 성별은 두 가지밖에 없으니까 남자가 아닌 전 크게는 '여자'로 분류되기야 하겠지만 사람에 따라 가지각색 아닐까요? 외모만이 아니라 생활습관이나 행동의 선택이나 기준 같은 거 말이에요. 타고난 얼굴이나 체형으로 어느 정도 행동이 정해지는 부분이 있기야 하죠. 하지만 힐을 신느냐 안 신느냐, 스커트를 입느냐 안 입느냐, 매니큐어를 바르느냐 바르지 않느냐, 그런 걸로도 꽤 나눌 수 있는 법이거든요. 전 손톱이 길면 신경 쓰여 바로 자르는 편이고, 손톱에 오천 엔이나 만 엔씩 들이는 기분을 잘 이해할 수가 없어요. 관리받은 손을 보면 예쁘다는 생각은 하지만요. 그리고 백화점 화장품 매장에 앉을 수 있느냐 하는 문제도 그래요. 거기 앉으려면 상당한 용기가 필요하지 않나요? 네? 필요 없다고요? 전 무서워서 거기 앉을 염두가 안 나더라고요. 하지만 스커트를 입고 머리가 긴 사람이 꼭 네일을 하는 것도 아니고, 핀 힐을 신고 요염함이 넘치는 사람이 꼭 남자친구가 있는 것도 아니니까, 사람 유형을 둘로 딱 가를 수는 없지 않을까, 사람마다 각양각색 아닐까 싶어요⋯⋯ 무슨 말이 하고 싶은 거냐면, 아, 음, 그러니까 말이죠, 그애, 휴게실에서 말을 걸어온 네일숍 애요, 나랑 모든 요소가 반대인 것 같다는 거죠."

"흐음."

"그런 느낌의 애랑 친구 한 적도 없구요, 가까이에 그런 사람이 있었던 기억이 전혀 없어요. 같은 반인데도 말을 섞은 적이 거의 없거나 그런 거라면 또 몰라도."

"그럼, 그거 아냐? 중학교나 고등학교나 대학 중 하나를 같이 다녔는데 그냥 잊어버렸나 보네."

"그런데요 그게, 그애가, 날 기억 못하지? 라고 했거든요. 이상하잖아요."

이것 역시 내 머릿속의 대화다. 지난주 점원 하나가 쉬어서 내가 대신 출근했기 때문에 오늘로 이 주 연속 근무를 하는 중이다. 게다가 어제 토요일은 여름 추가 분량이 입고되어 나는 두 시간이나 잔업을 했다. 점장도 분명 피곤할 것이다.

나는 계산대 쪽을 슬쩍 보았다. 단골손님에게 카탈로그를 건네는 점장의, 더도 덜도 아닌 딱 접객용인 웃음과 명료한 목소리에서는 피곤한 기색이 전혀 느껴지지 않는다. 점장은 과연 다르다. 달리기의 성과인가.

휴식시간은 오늘도 삼십 분뿐이다. 개인 사물함에 둘러싸인 긴 테이블과 파이프 의자가 놓인 길쭉한 공간은 이미 다른 가게 점원들에게 점령당한 탓에 입구 옆에 놓인 둥근 의자만 비어 있었다.

"고노 씨."

눈앞에 서 있는 건, 역시 네일숍의 그애다. 이마 왼쪽에서 가르마를 꽉 나눈 머리는 뒤쪽에서 고둥처럼 둥글게 말았다. 이런 머리, 나는 못하겠지. 머리카락이 너무 뻣뻣해서 머리핀이 튕겨 나갈 것이다.

나를 내려다보는 그애의 얼굴은 빈틈없는 메이크업을 했고, 나보다 나이가 더 들어 보인다. 아니, 일반적인 세상의 기준으로는 내가 아이 같을 것이다. 아마 같은 이십 대 중반쯤이다, 피부가 매끄러운 걸 보면. 그애는 핑크베이지색 얇은 입술로 가볍게 미소를 짓고 있었다.

"하나도 안 변했다. 한눈에 알아보겠더라."

어쩐지 가시 돋친 말.

"네에."

어쩔 수 없이 나는 애매모호한 대답을 했다. 벚꽃색과 흰색으로 나누어 바른 손톱이 예뻐 보였다. 그애는 흐트러짐 없는 머리를 매만지며 젠체하는 말투로 말을 이었다.

"사실 전부터 알고는 있었지만, 내가 말을 걸면 곤란할까 봐."

"저기, 미안하지만 어디서 만났는지 기억이 나질 않아서요."

"애쓸 필요 없어. 말을 걸어보고 싶었던 것뿐이니까."

이름이? 하고 물어보면 될 것을 목소리가 나오지 않는다. 왠지 내 쪽에서 물어보면 질 것 같은 이상한 오기가 생겼다.

그애는 좁은 라커룸을 휙 둘러보고 나서 말했다.

"나, 여기 가게, 오늘까지만 나와."

"아, 그래요?"

달리 대답할 말이 없다. 내 시선은 다시 그 다리를 향하고 만다. 몇 번을 봐도 에쁜 다리다.

높은 구두를 신는 사람들은 걸을 때 아무런 문제가 없을까. 이렇게 불안정한 구두를 신고도 아무렇지 않은 표정을 지을 수 있다니. 하마나 오리 같은 내 발로는 몇 번을 시도해봐도, 갖가지 종류와 사이즈의 구두를 신어봐도, 발가락이 아프고 발꿈치가 헐렁헐렁 벗겨져버린다.

"그만두면 다신 못 만나잖아. 그래서 역시 말을 걸어야 할 거 같아서. 나만 알고 있는 게 좀 미안하기도 하고."

다시 한 번 그 얼굴을 가만히 쳐다본다. 기억이 나지 않았고, 누군가를 닮은 것 같지도 않다.

"도저히 모르겠어요."

그렇게 말하자 그애는 후훗, 하고 웃고는 말했다.

"고등학교 때도 고노 씨는 자유롭고 즐거워 보였어. 지금도 변함이 없네. 부럽다. 거짓말 아니야."

그러더니 자 그럼, 하고 작게 손을 흔들고 나갔다.

고등학교? 적어도 우리 학교 학생이었을 리 없다.

휴식시간이 끝나자 불과 몇 분이기는 하지만 손님이 끊긴 때가 있어서 옷을 개며 동료인 에구치 씨에게 조금 말을 걸어봤다. 이번 건 현실에서의 대화다.

"요즘, 생각하는 게 있는데."

에구치 씨는 평소와 마찬가지로 약간 졸린 눈으로 나를 바라보았다.

"난, 앞으로도 쭉 이대로의 나겠구나, 그런 생각이 들어."

"무슨 말이야?"

"어렸을 땐 어른이 되면 정장을 빼입거나 반들반들한 원피스를 입는 날이 올 거라고 믿었는데, 지금 와서 보니 그런 건 내가 아니라 다른 누군가가 입기 위한 옷인 듯 느껴져. 난 나 이외의 그 누구도 될 수 없고, 그런 차림을 할 날은 영영 오지 않을 것 같고."

내가 시선으로 가리킨 반대편 가게 점원을, 에구치 씨도 눈으로 좇았다.

"입어보면 되잖아. 마스미 씨, 하나도 안 이상할 것 같은데."

에구치 씨도 나처럼 평상복 역시 우리 가게 옷을 애용한다. 역시 등산은 하지 않지만 유적 발굴조사를 하러 다닌다고 했다. 대학에서 역사를 공부했다며, 조사는 아르바이트긴 하지만 뭐, 자원봉사나 다름없어, 라고 말했다.

"어떻게 걸어 다니나 몰라."

"멋을 부리려면 용기와 인내가 필요해. 텔레비전에서 패션 평론가 피코가 한 말이야."

그렇게 말하면서도 에구치 씨 역시 멋을 부리기 위해 인내심을 발휘할 것 같지는 않았다.

"그렇게 어려운 일이구나."

"그렇대."

중학생처럼 보이는 여자애들 다섯 명이 줄줄이 들어왔다.

저녁이 되자 다리가 퉁퉁 부었다. 트레킹 슈즈를 신고도 이렇게 힘든데, 하고 나는 다시 발과 신발에 대해 생각한다. 다른 사람들 다리가 얼마나 부을지 얼마나 아플지, 대신 경험할 수는 없다. 다들 아플지도 모르고, 아프지 않은 사람이 있을지도 모른다.

어머니보다 나이 들어 보이는 손님이 거울 앞에서 윈드브레이커를 대보고 있었다.

"색이 너무 야한가?"

오전에 핑크를 좋아하는 여자애가 입어본 것과 같은 옷이었다.

"전혀요, 아주 잘 어울리세요. 손님 정도 연배의 분들도 많이들 사 가시거든요."

"여기 옷, 예쁘고 기능성도 뛰어나다고 친구가 그러던데."

몸집이 자그마하고 얼굴 윤곽과 눈 코 입이 둥그런 사람이었다. 윈드브레이커를 걸쳐 입으니, 오렌지색을 띤 핑크색이 밝은 분위기에 잘 어울렸다.

"여행 가시나요?"

"레이니어 산이랑 요세미티 국립공원에 하이킹 하러."

"우와, 대단하시네요."

"매해 다니는 게 유일한 낙이지. 예전엔 좀 더 본격적으로 등산을 했는데, 요 몇 해는 게을러져서 가볍게 걷는 정도예요. 내년엔 높은 산에 도전할 계획이지만."

손님은 거울 앞에서 몸을 비틀어 옆모습과 뒷모습을 확인한다. 재킷에 편안한 바지 차림이라 명확하게 보이진 않지만 우리 어머니처럼 퍼진 체형은 아닐 것 같다.

"너무 멋지세요. 전 역 계단 오르는 것만으로도 숨이 차서."

"정말? 그렇게 젊은데? 보기엔 방금 산에서 내려온 차림인데."

정말로 놀랐다는 듯이 눈을 동그랗게 떴다.

"그런 말 자주 들어요."

나는 왠지 부끄러워졌다.

"산은 좋은 곳이에요."

미소 짓는 그분의 마음은 이미 미국 대륙의 대자연을 향해 날아간 것처럼 느껴졌다. 핑크색 윈드브레이커는 나도 마음에 들었기 때문에 유용하게 써줄 사람이 사 가는 편이 마음 편하다.

가게를 나가면서 그 손님은 다시 한 번 말했다.

"정말 재미있는 곳이에요."

요세미티엔 나도 가보고 싶다. 어떤 곳인지 구체적으로는 알 수 없지만, 코요테와 그리즐리 베어 같은 동물들도 있을까. 아마도 가지 않겠지만.

좋겠다, 하고 말은 하지만 결국엔 가지 않는다.

언제나, 나는.

아무것도 변하지 않는다.

변하려고 하지 않는다.

똑같은 정도의 불빛 속에서 시간만이 흘러갔다. 에스컬레이터 앞 가게 점원들은 폐점 시간이 다 되어서일까, 한층 커진 소리로 "어서 오세요"와 "감사합니다"를 되풀이해 외쳤다. 문득, 바로 옆 에스컬레이터가 하루 종일 올라갔다 내려왔다 하고 있었구나, 그런 생각이 들었다. 대체 몇 번을 반복했을까? 오백 번? 천 번? 아니면 그 이상?

에구치 씨와 함께 역과는 반대편에 있는 직원용 출입구를 나선 것은 오후 열 시가 조금 안 됐을 때였다. 빌딩 사이 짙은 남색 하늘에 아주 작은 별 하나가 빛나고 있었다. 에구치 씨는 라커룸에서부터 연신 하품을 해대고 있었다.

"아, 졸려. 어제도 막차 탔는데. 친구가 근처에서 술을 마신다고 해서 잠깐 얼굴을 내밀었거든. 그랬더니 전철에서 있지, 앞좌석에 남자 둘 여자 하나가 앉았는데, 대학생들 같던데, 규동집 알바생들인가 봐. 앉아서 가게 뒷사정이랄지, 한마디로 점장 뒷담화를 하는 거야. '그 자식 김치 세 토막만 넣으라고 자기가 말했으면서 보기에 좋지 않으니까 좀 더 넣으라고 멋대로 막 넣는 거야.' '아, 그 인간 원래 그래, 그 꼰대 내가 정말,' 그런 식으로. 윗사람이 일을 못하면 아랫사람들 결속이 강해지는 법이지. 그리고 골치 아픈 단골손님 얘기랑 손에서 기름 냄새가 가시질 않는다는 말도 하더라. 일하며 산다는 게 다들 힘들구나, 그런 생각이 들더라고."

에구치 씨 얼굴이 가까운 간판 불빛에 번들번들 빛났다. 나 역시 이런 얼굴을 하고 있겠구나 싶었다. 빨리 집에 들어가 얼굴을 씻고 싶다.

"아, 규동 먹은 지 오래됐네."

"다음 주에 갈까?"

우리가 일하는 빌딩을 빙 돌아 역 정면이 보이는 곳에 다다랐을 때, 저편에서 걸어오는 한 사람이 눈에 띄었다.

키가 큰 그 남자는 종종걸음으로 우리가 걸어온 길을 거슬러 갔다.

"왜 그래?"

에구치 씨 목소리에, 나는 보도 중앙에 우뚝 서 있는 나 자신을 발견했다.

"아, 저 사람, 아마 고등학교 때 날 찬 사람일걸?"

"뭐? 정말로? 어디야? 누구야?"

손가락으로 가리켰지만 그의 모습은 인파에 섞여 빌딩 그림자 속으로 사라지고 없었다.

"안 보여."

목을 빼고 있는 에구치 씨 옆에서 나는 그가 사라진 빌딩 모퉁이를 바라보고 있었다. 몇몇 광경이 슬라이드 쇼처럼 머릿속에 떠오르기 시작한다. 고등학교 근처 역. 학교 앞 편의점. 함께 귀가하던 친구들.

"아!"

문득, 역 플랫폼에 서 있던 재킷을 입은 그의 영상이 떠올랐다. 그 옆에는 우리와는 다른 학교 교복을 입은 애가 서 있다. 체크무늬 미니스커트를 입은.

"왜 그래?"

"휴게실에서 네일숍 점원이 나한테 말을 걸었는데, 난 기억이 전혀 없는 거야. 그런데 갑자기 내 이름을 부르는 거 있지."

나는 역을 향해 걷기 시작했고, 에구치 씨도 보폭을 맞췄다.

"방금 기억이 났는데 아까, 날 찬 그 남자의 전 여친인지도 몰라. 같은 역 근처 여고생이었던……"

팔 년 전, 고등학교 근처 역에서 두 사람이 함께 있는 장면을 목격한 것은 추운 계절이었다. 기억 속 두 사람은 플랫폼 끝에 서 있었다. 기억을 더듬어보건대, 나는 계단 모퉁이에 숨어 지켜보고 있었을 것이다. 중학교 때 그와 같은 반이었던 아이가 "두 사람 옛날에 사귀었었어. 요즘 다시 사귀나?" 하고 말했다. 그애는 나의 고백을 알지 못했다.

나와는 전혀 다르다고 생각했다. 방한이 최우선으로 두꺼운 타이즈 위에 울 양말을 겹쳐 신었던 나와는 달리, 그녀의 체크무늬 미니스커트 아래론 희고 가는 허벅지가 드러나 보였다. 그리고 군청색 목양말이 어울리는 긴 종아리. 마치 추위 따윈 느끼지 않는다는 듯, 살랑살랑 긴 머리가 석양빛에 투명하게 빛나 보였다.

저런 애랑 사귀는데 나 같은 애한테 눈길 한 번 주겠어? 그런 생각에 마음이 시들해졌다.

하지만 그때 한 번 봤을 뿐이다. 그뿐, 그애와 이야기를 나눈 적이 있었던 것도 아닌데.

"난 정말 광속으로 차였거든. 그렇게 의미심장하게, 그애가 나한테 찜찜하게 굴 이유가 없을 텐데. 느닷없이 풀 네임으로 부르질 않나, 좀 무섭다."

"실은 마스미짱을 좋아했던 거 아냐? 그 남자."

"설마, 그럴 리가. 너 누구니? 하는 쌀쌀맞은 태도였는데. 그래서 나도, 제가 실수했어요, 죄송해요, 그랬다고. 그러곤 바로 졸업해서 딱히 만날 일도 없었고. 아니지, 그때 실패가 계속 걸림돌이 돼서 지금껏 남자친구를 못 만드는 것 같기도 해."

고3 겨울, 같은 반 친구 셋이 유명한 양식집에서 위로의 오므라이스와 비프스튜를 사주었고, 그렇게 고백은 어이없게 끝났다. 여자답게 그애처럼 차려입는 게 좋을까? 고등학생이었기 때문에 나름 고민도 했었다. 얇은 스커트도 입어봤다. 코스프레 같아 오래가진 않았지만.

"아, 떠올리기 싫은 기억인데. 그런데 태도가 왜 그렇대? 화낼 사람은 내 쪽 아닌가?"

"그렇네."

에구치 씨는 졸린 탓인지 아무래도 상관없다는 투였고, 나는 에구치 씨의 그런 면을 좋아한다.

"참 모를 일이네."

자기 남자친구가 차버린 상대에 대해 우월감을 느끼고 싶었던 것일까? 고등학교 시절과 다를 바 없는 얼굴과 그때와 다를 것 없는 옷차림으로 악착같이 일하는 나를, 그애와 그가 에스컬레이터 뒤에 숨어 비웃는 장면을 떠올려본다. 이런 생각을 하다니 피해망상인가. 일 때문에 피곤한지도.

아니면, 엄청나게 확률이 낮기는 하지만, 정말 그애가 나를 부러워했다던가. 사람은 자기에게 없는 걸 갖고 싶어 하는 법이니까.

아니야, 대체 어디에 부러워할 요소가 있단 말이냐? 상상조차 할 수 없다.

아무래도 납득이 가지 않는다. 에구치 씨는 벌써 사라지고 없는 그가 걸어간 방향을 뒤돌아봤다.

"근데, 이 주변을 돌아다닌다는 건 아직도 사귄다는 건가? 그 네일숍 애랑."

"알 게 뭐야."

그렇게 말을 내뱉고 보니, 더 이상 생각하지 않아도 되는 일이로구나 하는 생각이 들었다.

그애에게 내가 무슨 짓을 저지른 기억도 없고, 설사 안다고 해도 기분이 좋을 리 없을 테니 이쯤 하고 내버려두자. 원래 상관없는 사람이니까, 앞으로도 상관없다고 해서 문제 될 것 없다. 아마 일주일쯤 일하다 보면 깨끗하게 잊어버릴 것이다. 나는 지금 바쁘니까. 스물여섯에, 좋아하는 가게에서 매일 열심히 일하고, 그 월급으로 먹고산다.

"남이잖아, 무슨 생각 하는지도 모르겠고."

하지만 집에 들어가면 고등학교 때 친구들에게 연락을 해볼 것만 같았다. 내일은 휴일이니까. 주말의 끝자락, 사람들보다 훨씬 늦게 나의 휴일은 시작된다.

밤이 되도록 공기는 여전히 눅눅했고, 다시 돌아올 고온과 습도를 오랜만에 실감했다.

지하통로를 걷는 사람들이 평소보다 적어 일요일이라는 사실을 실감한다. 다들 집으로 돌아가 욕조에 푹 몸을 담근 후, 슬슬 잠자리에 들어가려는 시간.

역 개찰구를 나왔을 때 에구치 씨가 말했다.

"점장님 있지, 그만둘지도 몰라."

삐익, 하는 소리가 들리며 옆쪽 자동개찰기가 통과하려는 사람을 가로막았다.

"왜?"

"구역 매니저랑 잘 안 맞잖아. 직접 들은 건 아니지만."

흐음, 하면서도 정말 그만두는 건 싫은데, 하고 풀이 죽는다. 구역 매니저는 나도 별로고, 새로 온 점장이 내가 싫어하는 타입이면 어떡하지. 지금 점장은 성격이 시원시원해서 아웃도어 매장에서 일하는 인도어indoor 파인 나까지도 특이하다며 기꺼이 받아준다. 점원들 모두 의논해서 산 생일선물은 빨간 주물냄비였고 생일까지는 에구치 씨가 맡아주기로 했다.

술자리가 파하고 해산하는 시끄러운 대학생들에 둘러싸이며 에구치 씨가 물었다.

"마스미짱, 언제까지 이 일 할 거야?"

나는 오 초 정도 생각했다.

"잘 모르겠어."

잘 가 하고 서로 손을 흔들고 에구치 씨가 다른 플랫폼으로 향하는 계단을 오르는 모습을 보고 있을 때, 달려 내려온 아저씨가 내 몸에 부딪쳤다.

원룸 방에 도착해 소파에 쓰러지면서 일단 텔레비전 전원을 켰다. 일기예보를 보고 싶었지만 하는 데가 없어서 채널을 바꾸자 산이 보였다.

어딘지 알 수 없지만, 외국에 있는 무척 높은 산이었다. 후지산보다 훨씬 높아 보였다. 능선이 이어지는 산맥의 일부였고, 그 벼랑 같은 경사면을 몇 명이 줄지어 오르고 있었다. 흰 눈이 달라붙은 바위틈에 발을 걸고, 로프를 끌어당기며 기어가듯이 오르고 있었다.

하늘은 지상에서 보는 것과 다른, 진한 청색의 그러데이션이었고, 그곳이 하늘에 가까운 곳이라는 걸 나타내고 있었다. 험준한 산등성이와 봉우리를 따라 이어진 좁은 등산 루트는 녹지 않는 눈으로 뒤덮여 있었다. 아차, 하고 미끄러졌다간 순식간에 몇백 미터 아래로 굴러떨어질 것이었다.

소파에 배를 깔고 누운 나는 리모컨을 꼭 쥔 채, 졸리긴 했지만 화면에 시선을 고정시켰다.

먼 곳에, 하지만 어딘가에 실재하는 산. 머나먼 거리를, 까마득한 높이를, 실제로 한 발 한 발 올라가는 사람들.

이미 등 뒤에 있는 산들이, 아래쪽에 자그마하게 보인다. 도쿄에 새로 생긴 세계에서 제일 높다는 전파탑 따위는 비교가 되지 않을 만큼 높은 곳. 주위에는 아무것도 없다. 먼 나라까지 내다보일 것 같은 그 공간은 너무나 넓어 무서웠다. 작은 텔레비전 화면에서 보고 있는데도, 내가 그곳으로 빨려 들어가 저 멀리 어렴풋이 보이는 골짜기 아래 흐르는 강으로 떨어질 것만 같았다.

"산은 좋은 곳이에요."

저녁의 그 손님 목소리가 또렷하게 떠올랐다. 그래, 아마 좋은 곳이겠지.

하지만 역시, 저렇게 높은 산에 목숨을 걸고 올라가는 사람들의 심정은 전혀 이해가 안 가요. 지금 월급으로 요세미티는 턱도 없고.

하지만…… 작은 언덕쯤이면 걸어봐도 좋겠다.

졸렸고, 체온이 몸 표면으로 이동하면서 몸이 둥실 뜨는 느낌이었다.

"정말 재미있는 곳이에요."

귀 안쪽에서 그 말을 들으며 내 의식은 점점 얕아져갔다. 몇 번이나 내려오던 눈꺼풀이 결국 다시 올라가지 않게 되었고, 쥐고 있던 리모컨이 바닥으로 떨어져 내렸다.

하르툼에 나는 없다

ハルツームにわたしはいない

창밖으로 사람이 지나가면 지금도 깜짝 놀란다. 1층에 사는 건 이 동네가 처음이다.

바람에 흔들리는 커튼 위로 짙은 회색 그림자가 움직이고, 그 그림자가 공기와 함께 집 안에 들어온 것 같은 착각이 일었다. 일단 뒤돌아 방을 살피고 창문을 닫았다. 오사카 병원 4층에서 태어나 이십육 년 동안, 내가 살던 곳은 10층과 14층이었다. 나고 자란 오사카에서 도쿄의 이 1층 집에 이사 온 지 일 년이 된다. 구두를 신고 밖으로 나갔다.

저물어가는 해가 골목 안쪽까지 비쳐 들었다. 한낮의 무더움이 남아 있었지만 찔 정도는 아니다. 백일홍 꽃잎이 바람에 날려 길에 쌓여 있었다. 7월부터 석 달 가까이 붉은색 꽃이 피어 있었다. 비스듬히 건너편에 있는 인적 없는 낡은 집에도, 감나무에 녹색 열매가 주렁주렁 매달렸다. 다음 모퉁이 아파트의 입구에는 다투라가 피어 있다. 노란색 나팔처럼 생긴 큼지막한 꽃이 몇십 개나 달려 있다. 한밤중에 애를 낳듯 증식한 게 분명하다. 그 너머로는 2층 지붕까지 닿는 부채선인장이 있다. 잎이 두껍고 가시가 바늘보다 크고 굵었다. 가시에 '위험'이라고 쓰인 종이가 끼워져 있었다. 즐거웠다. 다른 생물이 지배하는 왕국에 들어선 기분이었다. 도쿄의 땅에는 영양분이 넘쳐나나 보다!

고가도로를 달리는 신주쿠행 전철을 탔다. 좌석은 딱 한 군데 비어 있어서 거기 앉았다. 창밖으로 하늘이 보였다. 높은 건물이 드물다 못해 전혀 보이지 않는다. 동네 전체가 낮은 느낌. 그 외에는 전부 푸르렀다.

완행열차인 탓에 달린다 싶으면 다시 속도를 줄이곤 했다. 가속할 땐 별로 느끼지 못하지만, 감속할 때의 무거운 느낌을 좋아한다. 아마도 중력의 지배를 받는 걸 느끼기 때문일 테지. 정면에 젊은 커플이 앉아 있었다. 남자는 혁명가니 배심원이니 정부 권력자니, 심각한 얼굴로 열심히 말을 했다. 여자는 미인이었고 우아한 셔츠를 입고 있었다. 시선을 허공에 두고 귀찮은 표정을 하고 있는 듯하더니, 갑자기 남자의 얼굴을 똑바로 쳐다보며 "그거, 정말 똑똑한 것 같아" 했다. 남자는 만족스러운 듯 고개를 끄덕였다. 빈번하게 등장하는 외국인 이름을 듣고 있는 동안, 인기 만화의 줄거리라는 걸 깨달았다.

　휴대전화의 진동이 울려서 가방에서 꺼냈다. 지난주에 아이폰으로 바꿨다. 작동법을 다 익히지 못해 이미 다섯 차례나 전화를 잘못 걸었다. 화면을 몇 번이나 누르고 나서야 겨우 문자를 읽을 수 있었다. 오늘 저녁에 나오라는 친구의 문자였다. 오늘 저녁엔 선약이 있다. 답장을 보내자 늦게까지 마실 테니 언제든 오라는 답신이 왔다. 그래, 하고 답장을 보냈다. 선약도, 지금 문자도, 내용은 비슷했다. 직사각형 화면에 뜬 아이콘의 햇님 그림을 터치했다. 도쿄의 기온은 25도. 오사카도 25도였다. 런던, 페스, 상파울루, 카이로, 서울, 타이베이, 하바롭스크, 헬싱키, 오키나와 나하, 홋카이도 아사히카와. 화면을 밀어 등록해둔 도시의 날씨와 기온을 확인했다. 하르툼*은 41도였다. 기뻤다.

　백단향 냄새가 났다. 왼쪽에 앉은 할머니에게서 풍긴다. 자세가 바른 분이라고 생각했다. 갈아타는 사람이 많은 역에 도착하자, 할머니의 앞쪽 옆에 앉았던 여자가 일어나 내 앞을 지나갔다. 검은 스커트 자락이 삼각형으로 뒤집혀 있어 허벅지 뒤쪽이 드러나 보였다. 순간, 왼쪽에서 손이 뻗어 나왔다. 그 손이 뒤집힌 스커트 자락을 톡 쳐서 내렸다. 여자는 스커트 자락이 뒤집힌 것도, 그걸 할머니가 펴준 것도 전혀 눈치 채지 못한 채 화장품 잡지 광고를 슬

---

* 아프리카에 있는 수단 공화국의 수도이다.

쩍 올려다보다 전철에서 내렸다. 함께 내린 다른 승객들의 흐름에 몸을 실어 걸어가는 창 저편의 여자는 전철 안의 우리와는 다른 곳에 있었다. 움직이기 시작한 차량 안에서 시부야행 노선으로 갈아타는 계단을 올라가는 여자의 뒷모습을 배웅한 후 몸을 앞으로 돌렸다. 할머니는 다시 고개를 숙이고 눈을 감은 채 고요하게 있었다. 주위를 둘러봤다. 반대편에 앉은 남자는 아직 세계 정부에 대한 얘기가 한창이었고, 그 외에는 모두가 휴대전화를 보고 있었다.

몇 정거장 지나자 신주쿠의 고층빌딩 숲이 보였다. 오늘처럼 온통 화창하고 깊은 물빛으로 물든 하늘에 초고층 빌딩들이 떠 있는 모습을 보면 가슴이 일렁인다. 도심이나 현대, 그런 말들과는 상관없었다. 지상을 달리는 전철에서 천천히 각도를 바꿔가는 높은 건축물들의 광경을 바라보고 있으면 70년대 그 빌딩들이 앞다투어 지어지던 시절, 그때 난 아직 태어나지도 않았지만, 내가 알 리 없는 그 시절의 추억이 떠오르는 기분이 들었다.

약속 장소인 이케부쿠로는 사람들이 많았다.

"사람이 너무 많다. 아, 시끄러워."

오사카에서 막 도착한 유키에가 말했다. 내가 도쿄로 이사 오고 나서 유키에를 만나는 건 일 년 만이었다. 무엇보다 위아래로 검은 바지 정장을 입고 있는 모습에 놀랐다.

"어? 오늘 그렇게 입어야 하는 거야? 결혼식 맞지? 내가 잘못 안 거야?"

"아니, 잘못 안 거 없어. 히카짱, 예쁘다."

역과 역, 백화점과 지하상가를 연결하는 지하통로를 많은 사람들이 걷고 있었다. 다들 어딘가로 가는 중이었다. 나는 은색 스팽글이 달린 내 원피스를 내려다보았다. 그리고 유키에의 전체 모습을 확인했다. 긴 머리를 수수하게 묶고 검은 펌프스에 검은 양말을 신었다. 근육질 체형에 어울렸다. 변함없이 짐이 단출하다.

"아, 단정하게 빼입는 그런 분위기여야 하는 건가."

"괜찮아. 난 별로 친하지 않잖아. 가까운 친척들만 불러서 간소하게 한댔으니까, 너무 들뜬 느낌은 좀 그럴 것 같아서."

"유키에가 친하지 않다니…… 그러면 난 아예 모르는 사람인데."

천장이 낮은 지하통로에는 무수히 많은 사람들의 발소리, 말소리, 지하 개찰구 소리, 안내방송 소리, 백화점 식품관에서 손님 부르는 소리들이 거대한 한 덩어리처럼 뒤섞여 있었다. 내 행선지는 결혼식 파티였다. 신랑신부는 모르는 사람이었다. 그러고 보니 아직 이름도 물어보지 않았다.

"어차피 원피스는 이거 아님 해골이 그려진 것밖에 없으니까 선택의 여지도 없었고, 그런 정장은 생각도 못했어."

"괜찮아. 그보다 나, 신칸센 영수증을 잃어버렸거든. 최악이야. 경비 처리 해줄 테니 잊지 말고 갖고 오라고 사장이 거들먹거리던데. 잘 챙긴다고 챙겼는데 어디 갔는지 모르겠다."

사장이란 유키에의 남편이다. 스물여섯 살의 유키에보다 세 살이 어리니 아직 스물세 살인데 옷가게를 두 군데나 운영하고 있다.

"만 사천오십 엔, 아, 정말―"

탄식하는 유키에의 등 뒤로 자동개찰구를 빠져나오는 한 남자가 눈에 띄었다. 테에 금색으로 브랜드 이름이 박힌 선글라스를 끼고, 티셔츠와 치노 팬츠 차림에 비치 샌들을 신고 있었다. 그리고 손에 아무것도 들고 있지 않았다. 그 남자가 유키에의 바로 뒤를 지나쳐 갈 때, 치노 팬츠에서 네모난 작은 종이가 팔랑 떨어졌다.

"유키에, 저거."

나는 더러운 흰 타일에 떨어진 종이를 손으로 가리켰다. 뒤돌아본 유키에는 왼쪽 오른쪽으로 부딪쳐오는 인파 사이에 쭈그리고 앉아 네모난 작은 종이를 주웠다. 하마터면 지나가던 트렁크에 손을 찢을 뻔했다. 유키에가 일어나며 말했다.

"와! 대박!"

나는 유키에가 내민 종이를 들여다보았다. 앞면은 연두색, 뒷면은 진갈색의 열차표 크기의 종이는 신칸센 영수증이었다. 도카이 여객철도 주식회사, 만 사천오십 엔.

"그럴 것 같더라."

"고맙다, 친구야. 나 신칸센 타고 오면서 후지산 봤다. 꼭대기는 구름에 가려져 있지만 기슭만으로도 너무 크더라, 그 산."

"혁."

선글라스를 낀 아까 그 남자가 좌우로 발밑을 두리번거리며 되돌아오고 있었다. 방금 전에는 몰랐는데, 티셔츠에서 뻗은 팔뚝에 문신이 새겨진 것이 보였다. 물고기 비늘 같은 파란 모양.

"큰일 났다."

유키에는 얼른 영수증을 떨어뜨렸다. 하늘하늘 떨어진 종이는 지나가는 다른 사람들에게 밟히고 또 밟혔다. 문신을 한 남자는 자동개찰구 앞에 쭈그리고 앉아 바닥을 뒤지고 있었다. 갑자기 심장이 쿵쾅거렸다. 나는 지나가는 구둣발 사이로, 밟힐 듯 손을 뻗어 종이를 주웠다. 그리고 소맷부리에 감춘 채 문신한 남자의 등 뒤로 다가갔다. 손에서 핏기가 가서 제대로 움직이는지조차 알 수 없었지만, 남자의 바로 뒤를 아무렇지 않은 얼굴을 하고 지나가며 손가락을 폈다. 남자는 발 바로 뒤에 떨어진 종이를 좀체 눈치 채지 못했다. 지나가던 사람들이 내 행동을 알아채고 그 남자에게 고자질을 하지나 않을까 불안해졌다. 뒤에 뭐가 떨어졌다고 말하는 게 좋을까, 아니 그러면 오히려 의심을 살지도 몰라. 갈피를 못 잡고 있는데, 남자가 느닷없이 종이를 주워 올려 아무 일 없었다는 듯 걷기 시작했다. 나도 가급적 아무 일 없는 듯이 유키에 가까이로 다가갔다.

"아슬아슬했어."

유키에가 말했고 나는 고개를 끄덕였다. 남자의 모습은 목을 빼어 둘러봐도 보이지 않았다.

"근데, 미안."

유키에가 내 앞에 손을 펴 보였다.

"있었어, 영수증."

"진짜?"

그래도 왠지 나는 문신을 한 남자가 영수증을 떨어뜨린 것과, 유키에 주머니에서 갑자기 나온 그것이 무관하지 않을 것 같아서 유키에의 손에서 그 종이를 집어 들어 가만히 바라보았다.

"이거 작년 거 아냐?"

날짜는 같고 연호만 하나 적었다.

"뭐? 진짜?"

유키에는 작년이라고? 작년에 무슨 일 있었나? 왜지? 왜지? 하고 되풀이했다. 나는 사람들로 붐비는 지하통로 전체를 둘러봤다. 겨우 이삼 분밖에 지나지 않았는데, 문신을 한 남자가 있었을 때 여기 있던 사람들은 이미 아무도 남아 있지 않았다. 나와 유키에의 행동을 지켜본 사람이 있었는지 여부는 더 이상 알 수 없었다.

유키에의 정장에 코르사주를 달기로 했다. 이케부쿠로에 와본 적은 한 번밖에 없고 지하도는 길을 잃기 쉬워서 일단 지상으로 나갔다.

세이부 백화점 정면에서 어디로 갈지 주위를 한 바퀴 둘러봤다. 길거리에 십 년 전쯤 은퇴했을 것으로 보이는 연령대의, 말끔하게 머리가 벗어진 양복 차림의 남자 셋이 서로 껴안고 있는 모습이 보였다. 모두가 얼굴이며 손이며 새빨개져서는 진심으로 기쁜 표정을 지으며, 고맙다, 또 만나자, 고맙다, 잘 지내, 하고 되풀이하고 있었다. 부딪친 사람들이 민폐라는 표정으로 눈을 흘겼다.

"술에 취하지 않으면 저런 웃음은 안 나오지."

"동창회였을까?"

"즐거워 보인다."

"응, 그러네."

아직 다섯 시가 조금 넘은 시간이었지만 연휴인 관계로 술자리가 일찍 시작되었을 것이다. 그들은 서로의 셔츠와 팔을 잡고 서로 등을 두드리고 머리를 쓰다듬으며 노래를 부르고 있었다. 어깨동무를 하고 쓰러질 듯 몸을 뒤로 젖혔다. 우리는 세이부 백화점에 들어가 엷은 새먼핑크색 동백꽃 코르사주를 구입했다. 점원에게서 결혼식에 바지 정장을 입는 건 바람직하지 않다는 조언을 들었지만, 파티장도 파격적인 곳이니 신경 끄기로 했다. 시간이 남아 〈일룸스〉에서 식기를 구경하면서 이거 예쁘다, 저거 예쁘다, 실컷 말은 해놓고 사지 않고 나왔다.

1층으로 내려가 들어왔던 문을 통해 밖으로 나가자 사람들이 무언가를 빙 둘러싸고 있었다. 그 중심에 피투성이 아저씨가 주저앉아 있었다. 방금 전까지 호쾌하게 서로를 껴안고 있던 아저씨들이었다. 피를 흘리는 건 그중 한 사람이었는데, 벗어진 머리에 남은 뒤통수 쪽 머리카락이 젖어 검붉게 빛났고 흰 셔츠는 깃에서 등까지 진홍색으로 물들어 있었다. 다른 두 사람도 셔츠 소매와 배 쪽에 피가 묻어 있었지만, 그것은 피투성이 아저씨의 피인 것 같았다. 셋 다 멍하니 앉아 있었다. 아픈 기색도 크게 당황한 기색도 없이 그저 어린애처럼 동그랗게 뜬 눈으로, 밤을 향해 푸르게 변해가는 공기 속에. 가운데 앉은 아저씨의 팔에서 흐르는 피가 도로에 떨어진 게 보였다. 떨어진 한 방울이 먼저 퍼지던 피에 스며들어 섞이고 있었다.

"술 마시면 피가 안 멈춘다는 말을 들은 적 있어."

"아프지는 않은가 봐."

우리가 그런 말을 하는 사이, 횡단보도 저편에 경찰관이 나타났다.

그들은 오늘 하루가 정말로 즐거웠기 때문에 그렇게 크게 떠들었을 것이다. 피가 많이 나고 있지만 괜찮아 보였고 도와줄 사람도 곧 올 테고, 아마 인생의 즐거움이란 게 그런 느낌 아닐까, 그런 생각을 했다. 나이를 먹고 친구들도 살아 있고 저렇게 아이 같은 표정으로 아무것도 하지 않은 채 공기 속에 멍하니 앉아 있는 상태가 찾아오는 그런 것.

선샤인 수족관은 사람이 없어 조용했다. 어렸을 때 '일본에서 제일 높은 고층빌딩은'이라는 퀴즈의 정답은 언제나 '선샤인 60'이었기 때문에 이름은 익히 알고 있었지만 안에 들어가는 건 처음이었다. 그리고 수족관은 60층이 아니라 별관 10층에 있었다. 물고기를 실컷 볼 수 있다니 운이 좋다는 생각을 했다. 수조로 둘러싸인 넓은 홀에 뷔페 요리가 잔뜩 차려져 있었다. 흰 테이블보가 덮인 둥근 테이블이 여기저기 놓인 그곳에는 아주 정통적인 풍경이 펼쳐져 있었다. 예복과 기모노를 입은 친척들과 파스텔 색조의 드레스를 입은 친척 아이들과 양복을 입은 남자들과 윤기 흐르는 원피스를 입은 여자들 오십 명 정도가 모여, 몇몇 그룹으로 나뉘어 대화를 나누기도 하고 물고기를 가리키기도 했다. 수족관에서 결혼식 파티를 하다니 지나치게 활달하고 화려한 사람들이면 내내 가시방석일 텐데 하고 내심 걱정했는데, 전통 의상을 입은 신랑이 초밥 만드는 사람이라 단순히 물고기를 좋아해서 수족관을 파티 장소로 골랐다는 것을 알고 마음이 놓였다. 신부는 심플한 은색 드레스를 입었는데, 신랑과는 전통 의상의 은색 실과 색깔만 맞았다.

"처음 뵙겠습니다. 관계없는 제가 끼어 정말 죄송해요."

"아, 유키에짱 친구죠? 유키에짱한테 들었어요. 같이 베트남 여행도 갔다 왔다면서요. 좋겠다. 이런 알지도 못하는 사람들을 위해 와주셔서 고맙습니다. 재밌게 놀다 가세요. 해파리도 구경하시고요."

신부는 뒤쪽 수조를 가리켰다. 유키에가 내게 전화를 한 건 이주 전이었다. 초등학교 때 옆집에 살던 애 결혼식 2차 파티를 도쿄에서 한다는데 같이 가자. 요전에 엄마들끼리 우연히 만났는데, 어쩌다 가족 대표로 내가 가게 됐어. 달리 아는 사람도 없고 그애하고도 십오 년 이상 얼굴도 못 봤는데, 도쿄에서 같이 가줄 만한 사람이 히카짱밖에 없어. 좋아, 나는 대답했다.

"수조는 가까이서 보면 왜 멀미를 하지?"

유키에는 작고 선명한 색깔의 물고기들이 헤엄치는 수조에 이마를 대고 안을 들여다봤다. 은청색 물고기는 가만히 있다가도 어느새 순간 이동이라도 하듯 휙 멀어졌다.

결혼식은 낮에 신사에서 올렸다고 했고, 신랑이 일하는 초밥 집 동료들인, 이상하게 체격이 좋은 남자들의 인사와 스피치가 막힘없이 진행된 후 "잠시 이야기를 나누는" 시간이 되었다. 전혀 기대하지 않았던 요리가 꽤 맛이 있어 나는 라자냐와 로스트비프와 루콜라와 생 햄과 콩 샐러드를 집어 와 움직이지 않는 상어 앞 의자에 앉아 먹었다. 고양이 같은 얼굴을 한 상어였다. 유키에는 신부 어머니에게 질문 공세를 받았다. 술이 꽤 오른 초밥 집 사람들이 옷을 벗기 시작했다. 한 사람은 이미 웃통을 벗은 상태였다.

나는 휴대전화를 꺼내 날씨 아이콘을 터치했다.

하르툼의 기온은 43도로 상승했다. 현지 시간은 오후 두 시 반, 이제 곧 가장 무더운 시간이 될 것이다. 화면을 밀자 뭄바이의 날씨 아이콘은 태양 위에 띠 모양 흰 선이 겹쳐져 있다. 매뉴얼을 찾아보았지만 알 수가 없다. 태양 표면에서 물방울이 떨어지는 아이콘 역시 이해할 수 없다.

"신부 쪽 친구신가요?"

예복을 입고 흰 넥타이를 맨 나이 든 남성이 옆에 와서 앉았다. 머리가 새하얗다. 아마 신부 쪽 친척일 것이다. 가장자리 아슬아슬한 곳에 레드와인 잔이 놓여 있었다. 쏟으면 세탁비를 달라고 해야지, 하고 생각했다.

"친구의 친구예요."

"희한한 곳에서 만난 것도 인연일까 싶습니다만."

나는 애매한 웃음을 지어 보였다. 아저씨는 잔 가장자리로 와인을 홀짝인 후, 뒤쪽 수조를 가리켰다.

"전 집에서 이런 걸 기릅니다."

가오리가 새하얀 배 쪽을 아크릴 수조에 붙인 상태에서 연처럼 떠다니고 있었다.

"이름이 뭐예요?"

"에이코.* 손도 많이 가고 전기요금도 많이 들어요. 그래도 참 귀엽습니다."

"하고 많은 것 중에 하필이면 왜 가오리를 키우세요?"

"그게, 텔레비전을 보는데 가오리 키우는 사람이 나왔거든요. 충동구매 습관이 있죠, 제가. 한동안 카드 결제대금이 삼백만 엔이 넘어가니까 안 되겠다 싶더군요. 마누라한테 카드며 지갑까지 다

---

* 일본어로 '에이'는 '가오리'라는 뜻이다.

맡기고 매일 아침 용돈 받고 다닙니다."

아저씨의 시선 끝에 있는, 학이 그려진 기모노를 입은 여자가 그 마누라라는 분일 것이다. 마누라. 도쿄에 와서 살기 전까진 텔레비전 말고 실제로 남자가 그 단어를 쓰는 걸 들어본 기억이 없다. 이럴 때, 내가 지금까지와는 다른 지방에 산다는 걸 실감한다. 그것 말고는 오사카와 별다를 게 없다. 건물도 사람도 전철도, 좀 더 크거나 좀 더 많거나 좀 더 길 뿐.

"맘이 편합니다. 고민하고 망설이는 일이 확 줄었지 뭡니까. 그런데 외국은 어디어디 다녀봤나요?"

아저씨가 자기 테이블에 놓인 치즈 그릇을 내게 넘겨줘서 먹어봤다. 나는 가리는 음식이 없다. 죽을 때까지 가능한 한 많은 종류의 음식을 먹어보고 싶다.

"터키랑 베트남요."

"터키. 희한한 델 다 가셨네. 그런데 왜 터키엘?"

"말하자면 긴데요, 전 영국에 가고 싶었고 같이 간 사람은 인도에 가고 싶었는데, 그 중간으로 합의를 본 게 터키였어요."

초밥 집 사람들이 갑자기 씨름을 시작했다. 아저씨는 씨름대회에 얼굴을 향한 채, 고개를 끄덕였다.

"아, 정말 딱 가운데네요. 거리로도 그렇고, 문화적으로도 그렇고. 우연히 전 세 군데 다 가봤거든요."

"와. 여행 좋아하세요?"

"아닙니다, 일 때문에 여기저기 다녔죠. 멕시코, 브라질, 폴란드, 루마니아, 구 소련, 이집트…… 프랑스하고 스페인엔 살아본 적도 있고. 50개국쯤 다녀봤군요."

"50개국이라고요? 어떤 일을 하시기에……"

"별일 아닙니다. 아무나 할 수 있는 시시한 일이에요. 음식은 기독교 국가보다 가톨릭 국가가 더 맛있습니다."

호오, 하고 나는 과장되게 고개를 끄덕여 보인 후, 오렌지색 치즈를 집어 들었다. 와인도 좀 갖다 주지, 하고 텔레파시를 보냈지만 통하지 않았다.

"하르툼에 가보신 적 있으세요? 수단에 있는."

"아프리카는 케냐 야생동물 투어가 세계에서 제일 재미있어요. 어디, 가고 싶은 데 있어요?"

"떼네리페 섬! 가본 적 있어요? 까나리아 제도에 있는."

갑자기 끼어든 것은 아저씨의 반대쪽 옆에 앉은 여자애였다. 새카만 일자 단발머리에 지나치게 크고 둥근 안경. 익숙지 않은 게 분명한 밝은색 아이섀도와 치크가 뒤죽박죽인 화장에다, 핑크색 플라밍고 무늬의 기발한 기모노에 검은 레이스가 달린 띠를, 애들 유카타처럼 맸다. 일본 애니메이션에 열광하는 외국인들이 좋아할 것 같다는 생각을 했다. 신랑 사촌이라는 것 같았다.

"없습니다. 나이가 나이니, 이젠 편한 관광여행이나 다니는 게 좋겠죠."

"꼭 가야 해요, 떼네리페는 사랑과 평화의 섬이거든요. 프러포즈할 때 악단이 따라와 분위기를 띄워준대요. 로맨틱하지 않아요? 아, 저도 뭐 텔레비전에서 본 거지만."

"그럼 저와 가시겠어요? 그 사랑의 섬에."

이번에는 눈앞에 선 덩치 큰 남자가 끼어들었다. 신랑 친구인 소방대원. 플라밍고 걸이 애교로 대답했다.

"악단, 불러줄 거예요?"

"아뇨, 결혼 생각 없는데요, 미안하지만."

"뭐라고요?"

플라밍고 걸은 남자를 노려봤다. 소방대원은 히죽거리며 얼굴을 가까이 댔다.

"돈은 쫌 버니까, 밥 정도는 내가 쏘죠."

"젊었을 땐 여기저기 다녀보는 게 좋습니다. 이 가오리도 넓은 데서 유유히 헤엄을 칠 수 있으니 건강할 겁니다. 에이코도 여기 넣어주는 게 좋을 텐데."

와인 잔이 비자, 아저씨는 자리에서 일어섰다. 소방대원은 플라밍고 걸에게 자기 얘기만 늘어놓기 시작했다.

나는 느티나무를 보러 가고 싶었다. 전에 이케부쿠로에 왔을 때는 5월이었다. 누군가 추천을 해서 모르는 극단의 연극을 보러 왔었다. 소극장이 있는 흰 건물 계단을 올라갈 때, 창틈으로 밤의 어두운 하늘 아래에 느티나무가 보였다. 바로 아래는 묘지가 펼쳐져 있었다. 부지가 상당히 넓었고, 주위 고층빌딩들 불빛에 묘비와 솔도파*가 어슴푸레 떠 있는 것처럼 보였다. 그 끝에 느티나무가 나란히 서 있었다. 그중 두 그루가 무척 컸다. 몸통이 굵었고 삼십 미터는 되어 보였다. 칠 년 전 처음 도쿄에 왔을 때 본 느티나무 거목은 그때까지 내 안에 있었던 느티나무의 개념, 아니 나무의 이미지 그 자체와는 전혀 다른 것이었다. 압도당했다. 굵게 곧장 뻗어오른 줄기. 공중으로 드리워진 나뭇가지. 그곳 전체를 뒤덮는 존재.

극장 뒤쪽 묘지에 있던 느티나무는 가지가 짧게 잘려, 굵은 줄기 위에 풍성한 잎이 덩어리처럼 놓인 형태였다. 그래도 너무나 크고 굉장했다. 무언가의 폭발처럼 느껴졌다. 까치발을 들고 창틀에 걸친 손에 힘을 줘 정신없이 바라보고 있었다. 연극이 끝나고 뒤풀이에 따라갔기 때문에 가까이 느티나무를 보러 가지 못했다. 지금 엘리베이터를 타고 바깥으로 나가 고가도로 아래 길을 건너면 그 느티나무가 있는 곳으로 갈 수 있다. 시간이 이렇게 됐으니 묘지 입장은 안 되겠지만 담장이 낮으면 타고 올라갈 수 있을 것이다.

"여기, 뭐라더라, 아무튼 무슨 형무소 터였다는 거 알아? 모르지? 나도 잘은 모르는데, 일본 병사 유령이 나온대."

도시 전설을 꿰고 있다고 자랑하기 시작한 소방대원이 말했다. 그의 시선이 왠지 나를 향해 있었다.

---

* 죽은 사람을 위로하고 축원하기 위해 경문 구절 등을 적어 묘지에 세우는 가늘고 긴 판자.

"그래요?"

스가모 구치소 터, 라고 갖고 다니는 지도책에 쓰여 있었다. 그때도 그 느티나무가 있었을까. 공습으로 모든 게 타버리고 광활한 지평에 서 있는 느티나무라.

플라밍고 걸이 말했다.

"유령이 뭐가 무서워요? 유령은 그냥 보일 뿐이잖아요. 쓰리디 영상 같은 거 아닌가요. 말도 할 수 있으면 더 재밌을 텐데."

"난 그런 근본적인 얘길 하고 싶은 게 아냐. 그리고 세상에 유령이 어딨어?"

플라밍고 걸이 소방대원 얼굴을 빤히 바라본 다음, 진지한 목소리로 말했다.

"실제로 무서운 짓을 하는 건 죽은 사람보다 살아 있는 인간 아닌가요? 스토커도 그렇고, 전쟁도 그렇고."

나는 느티나무를 보러 가고 싶었다. 넓은 묘지 한가운데 서 있으면, 기분이 좋을 것이다. 아이폰을 사고 이틀째, 위성사진 지도를 검색해 하르툼을 상공에서 바라봤다. 갈색 모래 빛을 띠고 있었다. 우기인지, 진흙탕이 여기저기 패 있었다. 거리는 자동차로 가득했다. 마치 무리를 짓고 있는 곤충 같았다. 강이 흐르고, 다리가 놓여 있었다. 블루 나일Blue Nile 강가에만 녹음이 졌다. 부자들의 저택 부지들이 쭉 이어졌고 정원에 풀장이 보였다.

친척들은 해산하고 초밥 집 사람들과 친한 친구들은 3차 파티

에 갔다. 플라밍고 걸이 시간이 남는데 같이 차라도 하자고 해서
그러자고 했다. 이름은 케이, 스무 살이었다.

"이다음, 생일파티에 초대됐는데."

"누구 생일?"

유키에가 손에 쥔 휴대전화로 문자를 찍으며 내게 물었다.

"모르는 사람. 친구의 친구라나."

"어디서?"

"시모기타자와에 있는 오코노미야키 집. 맛있대."

나는 아이폰으로 그 집을 검색했다. 유키에는 액정화면을 노려
보듯이 들여다보았다.

"맛있는 거 틀림없어?"

"거기, 저 알아요. 진짜 맛있어요."

케이가 웃었다.

"그럼 가자."

좋아, 하고 내가 대답했다.

역을 향해 밀려드는 인파의 흐름을 타고 떠들썩한 밤거리를 걸
었다. 횡단보도를 건넜을 때, 신호등 기둥에 피가 묻어 있는 게 보
였다. 여기 있던 피투성이 아저씨들은 간데없고, 피는 아직 역 조
명 빛을 반사할 만큼 마르지는 않았다.

황록색 라인이 그려진 전철은 한가해서 앉을 수 있었다. 휴대전

화로 행선지를 확인하고 있을 때, 유키에가 물었다.

"그거, 편리해?"

"제대로 잘 쓰면 편리하지 않을까? 쓸 줄 몰라서 지도랑 날씨 볼 때만 써."

나는 지도 화면을 끄고 하르툼 주간 날씨예보를 표시해 보였다. 유키에가 물었다.

"43도? 하르툼이 어디야?"

"아프리카 오른쪽 중앙보다 좀 위쪽에 있죠."

나보다 먼저 대답한 케이. 케이가 다닌다는 대학 이름을 아까 들었는데, 도쿄의 대학 위치는 아직도 잘 모르겠다. 아마도 좋은 대학일 것이다.

"사람이 사는 곳 중 제일 더운 곳에서 가까운 도시야. 제일 추운 곳, 지구 반대편, 가보고 싶은 곳, 이것저것 등록했거든."

화면을 밀며 다른 도시의 날씨도 하나하나 보여줬다. 유키에가 태양에 흰 띠가 겹쳐진 그림을 가리켰다.

"이거랑 이건 뭐가 달라?"

"나도 몰라."

"안개 아닌가요?"

"편리한 도구가 생기면 블로그나 트위터 같은 것도 하게 될 줄 알고 샀는데, 다른 사람이 쓴 건 읽어도 내가 쓰는 건 잘 못하겠어. 기계가 어려워서 그런 게 아니라 커뮤니케이션이랄지 내 성격상의

문제인 것 같아. 기껏해야 인터넷 검색이랑 문자 답장 정도 하고
있어."

"윗세대 사람들은 그렇다죠. 조작이 서툰 사람들이 정말 있긴 있
구나."

스무 살이 보기에 스물일곱은 '윗세대'인 것인가. 케이는 지금
신선한 놀라움을 느끼고 있는 중이니까, 그 감정을 그대로 존중해
주기로 했다.

"아냐, 다른 사람들은 다들 잘 쓰더라고. 나보다 나이 많은 사람
도 아주 능숙하게. 그래서 나도 노력해보고 싶긴 한데."

케이는 진지한 눈빛으로 자기 생각을 확인하듯 천천히 말했다.

"그럼 커뮤니케이션 능력이 모자란 거군요, 히카루 씨는. 도구를
써도 바뀌지 않는, 다시 말해 돈으로 해결되지 않는 것들, 평생 못
넘어설지 모른다 생각하면 절망하게 되지 않나요?"

"아하하."

유키에의 웃음소리에 출입문 근처에 서 있던 남자가 돌아봤다.
커다란 짐을 등에 지고 있었다.

"맞아, 앞으로도 영영 못 바뀔지도 모르지."

"역시 그렇구나. 좀 슬프네요."

갑자기 고개를 숙인 케이를 바라보며, 나에 빗대 결국 자기 문제
를 고민하고 있다는 걸 이해하게 됐다. 진지한 건 알겠는데, 말하
는 방식은 어디 가서 좀 배우는 게 좋겠다. 나는 가르쳐줄 생각이

없지만. 옆에서 유키에가 케이의 어깨를 다독이며 말했다.

"스무 살이지? 그대여, 힘껏 슬퍼하여라."

케이는 잠시 유키에의 얼굴을 가만히 바라보았다. 순간, 둥근 안경 너머 두 눈에 눈물이 그렁그렁 고이더니 그대로 흘러내렸다.

오코노미야키 집 뒷문에서 어두운 계단을 올라갔다. 너무 많은 신발들이 넘쳐나 2층 문은 열려 있었다. 노란빛이 드리워진 십육 평쯤 될까 말까 한 낡은 다다미방에는 적어도 스물다섯 명이 테이블을 둘러싸고 앉아 있었다. 누구 생일인지 도무지 알 수 없는 상태였지만 처음부터 그런 건 아무래도 좋았다. 아는 사람도 있었고, 본 적 있는 사람도 있었고, 처음 보는 사람도 있었다. 바닥이 꺼지지나 않을까, 그게 걱정이었다.

"아, 이거 정말 맛있어, 얼른 먹어둬."

"잘 먹겠습니다."

깔려 있는 방석도 두세 사람이 한 장씩 써야 하는 북새통에 우리까지 끼어 정말 좁았다. 옆에 앉은 남자애가 대파 구이 접시를 내밀었다. 눈 코 입, 손 발 할 것 없이 전부 큰 친구였다. 이렇게 좁은 데에 앉아 있을 수 있다는 게 신기할 정도였다.

"나 만난 적 있던가? 오사카 출신?"

"아마 재작년에 마리코랑 중화요리 집에서, 신주쿠였나?"

"아, 그렇지? 진짜 본 적 있네. 야부키라고 해. 나 기억력 좋거든.

마실 거 주문했어? 이것도 먹을래?"

야부키는 큼지막한 손으로 야키 소바가 조금 남은 접시를 잡아 당겼다. 좁은 데다가 얼굴을 코앞으로 가져와 말을 했기 때문에, 그 큰 눈에 감탄했다.

"재밌다, 오늘은 새로운 사람들을 만나는 날이네. 그래서, 지금 어디 살아?"

머리부터 모조리 먹혀버릴 것 같은 커다란 입, 그런 생각을 하고 있을 때 야부키와 반대편 옆에 앉아 있던, 귀에 링 피어스가 열 개쯤 달린 스킨헤드 남자애가 말했다.

"미안하다. 이 자식, 클럽에 다녀 버릇해서 사람들하고 얼마나 거리를 둬야 하는지 까먹었어. 시꺼, 자식아!"

"너무 가까웠나? 미안. 그래서, 어디 산다고?"

야부키는 여전히 코앞에서, 한층 커진 목소리를 자랑하듯 말했다. 테이블에 놓여 있던 고물 휴대전화가 깜짝 놀랄 만큼 큰 소리로 진동했다. 그는 얼굴 앞 이십 센티미터쯤 앞에 전화기를 들고 그것을 향해 소리 질렀다.

"여보세요, 빨리 안 오고 뭐 해!"

그래서 어디냐고 묻잖아, 하고 전화기에서 쉰 목소리가 또렷하게 들렸다. 반대편에 앉은 여자애들이 웃고 있었다. 유키에는 그 속에 섞여 맥주를 마시고 있었다. 케이는 문 가까이에 무릎을 꿇고 앉아 있었다. 기모노가 더러워지지 않게 무릎과 목 언저리에 손수

건을 올려놓고, 사십 대로 보이는 옆자리 여자와 이야기를 나누고 있었다. 그 여자가 나보다 마음이 넓은 사람인 것 같아 다행이라는 생각을 했다.

전화기에 대고 외치던 야부키가 나를 향해 말했다.

"이 전화기, 고장 나서 스피커폰으로밖에 통화를 못해. 정신 나간 사람이라고 생각하지 마."

"괜찮아요."

"오케이, 그럼. 뭐? 음식 하나도 안 남았어. 참 안됐다야, 맛있는 것도 못 먹고."

그러니까 거기가 어디냐고! 전화 저편의 쉰 목소리도 외치고 있었다. 나는 타코야키를 먹었다.

피어스 스킨헤드가 말했다.

"이 녀석, 실연한 지 얼마 안 됐거든. 좀 봐줘."

"실연."

"짝사랑을 오래 했거든. 오 년인가."

그는 얼음이 든 컵으로 투명한 액체를 마시고 있었다. 물처럼 보였다.

"엄청 미인에다 시원시원하고 단단한 성격이라, 나도 반할 수 밖에 없는 마음은 잘 알지. 오키나와에 갔을 때 옆자리에 앉은 그 여자를 보고 첫눈에 반했는데, 글쎄 멍청하게 연락처를 잃어버렸지 뭐야. 일 년 후, 다시 만나고 싶은 간절한 마음에 혹시나 하고 같은 장소에 가봤는데, 정말 거기 있는 거야. 그땐 정말 운명이니 뭐니 말도 못하게 흥분했지. 분위기가 좋을 때도 분명 있었는데, 뭐, 말하자면 길고. 그 여자, 지바에서 초등학교 선생님 하는데, 할아버지 밭일도 돕고 거기서 애들을 위해 야채 키우는 법도 가르치겠다고 참 열심이었지. 그래서 연애 같은 건 생각할 여유가 없다고 그랬다는군. 근데 요전에 오랜만에 만나러 갔더니 다른 놈이랑 결혼한다지 뭐야. 불쌍한 놈."

피어스 스킨헤드는 담뱃갑에서 꺼낸 담배로 테이블을 톡톡 두드리며 영화 줄거리를 설명하듯 막힘없이 말했다. 시끄러운 전화를 겨우 끊은 야부키가 그 담배를 뺏으며 말했다.

"지금 그 얘기, 다 뻥이야."

"진실임을 맹세합니다."

피어스 스킨헤드는 웃으며 새 담배에 불을 붙였다. 야부키가 커다란 입을 쩍 벌리고 말했다.

"내 얘기가 아니고 다 이 녀석 얘기야. 자기가 반한 여자 얘기."

"뭐야 자식, 별걸 다 부끄러워하고 그래."

"멍청한 놈. 거짓말은 왜 하냐? 믿지 마, 조심해야 한다."

"숨길 거 없잖아. 사람 좋아하는 건 좋은 일이야."

어느 쪽이 좋아하던 사람이건, 내게는 별다를 게 없었다.

좁은 가게 방에, 내가 살던 오사카와 교토와 고베 출신 사람들이 열다섯 명 이상 있었다. 다들 오사카 음식을 먹고 있었다. 여기도 오사카로 삼으면 되겠다는 생각을 했다. 이렇게 많은 사람들이 도쿄에 와버리면 오사카에는 이제 아무도 살지 않는 건 아닐까 싶었다. 하지만 아마 오사카에도 비슷한 가게에서 비슷한 술자리를 하는 사람들이 있을 것이다. 일 년 전까지 내가 거기 있었던 것처럼. 다만 지금은 내가, 거기가 아니라 여기 있을 뿐. 여기 있고 거기 없을 뿐. 그야 나는, 여기와 거기에 동시에 존재할 수 없고, 또 어디에도 존재하지 않을 수는 없으니까.

야부키는 어느새 사라지고 없었다. 피어스 스킨헤드는 집이 같은 방향이니까 택시를 타고 근처까지 같이 가지 않겠느냐고 했다. 그래, 하고 나는 대답했다. 케이는 후반에 기운을 차리고 어떤 남자애와 메일 주소를 교환했지만, 막차를 놓쳐 인터넷 카페에서 묵겠다는 말에, 우리 집에 와서 자라고 했다. 유키에는 처음부터 우리 집에서 자기로 되어 있었다.

택시를 잡으러 챠자와 토오리까지 나갔다. 도로 반대편에 긴 오르막길이 있었고, 언덕 꼭대기까지 훤히 보였다. 걷는 사람은 아무도 없었다. 여기가 골짜기 맨 아래구나, 생각했다. 눈앞에 보이는 건 산. 저 산에 오르면 분명 소풍의 기분을 만끽할 수 있을 것이다.

택시에 올라 운전사에게 행선지를 말하자, 운전하기 까다로운 동네네요, 했다. 길이 복잡하고 사람들의 자부심이 대단한 동네였다. 택시에는 내비게이션이 달려 있었다. 액정화면 지도에 복잡한 일방

통행을 피해 제시한 루트가, 붉은 라인으로 표시되어 나타났다. 아무리 봐도 멀리 돌아가는 길인 듯했지만, 그래도 내비게이션이 정답이다.

조수석에 유키에가 앉고, 마지막에 내릴 예정인 피어스 스킨헤드가 오른쪽 뒷좌석, 가운데에 케이, 왼쪽에 내가 앉았다. 택시가 달리기 시작하자 곧바로 피어스 스킨헤드가 말했다.

"사오 년 전에 나, 레코드점에서 일했는데 그 지점이 오사카에 있었어. 한 달에 한 번은 갔었지. 지금은 회사 전체가 없어졌지만."

"어디요? 레코드점 이름은요?"

이름을 듣고 보니 유키에와 내가 매주 들락거리던 카페 옆이었고, 이젠 없는 그 레코드점에도 몇 번인가 들어가본 적이 있었다.

"아, 그럼 우리 만난 적 있을지도 모르겠네."

"그러고 보니 바로 옆이 카페였지? 2층에도 자리가 있는 그 카페 말야. 오사카 점장이 라이브 공연에 데려가준 적이 있는데. 처음엔 어쿠스틱 기타로 얌전히 연주하는가 싶더니 마지막엔 날뛰다 못해 앰프까지 고장 내고……"

"아아아! 그거 우리 친구야! 나랑 유키에랑 거기 갔었는데. 우리도 거기 있었어!"

"아아! 이십만 엔 변상한 그때! 거기 갔었구나."

"그다음엔 오뎅 집에서 너무 마셔서, 취해서 길바닥에서 잤어."

"그 오뎅 집, 좁은 빌딩 안쪽에 있는 거 맞지?"

"응, 아마 그럴걸?"

나는 그 라이브가 열렸던 밤을 떠올리고 있었다. 유키에와 다른 두 친구랑 같이 갔었다. 사람들이 많아 뒤쪽 구석진 자리에서 봤고 그다음엔 닭꼬치 구이 집에 갔다. 여름이 끝나갈 무렵이라 샌들을 신고 있었다.

"우연이라는 게 참 신기하다."

조수석에 앉은 유키에는 몸을 돌려 뒤를 향한 채, 연거푸 신기하다는 말을 했다.

낮에 영수증을 주운 것도, 올 때 전철에서 본 할머니가 여자의 스커트 자락을 매만져준 순간을 목격한 것도, 모두 다 무언가와 연관이 있을 것만 같아 그 얘기를 하고 싶었다. 하지만 지금 그 말을 내뱉어버리면 다들 우연이다, 선의다, 바라면 이루어진다, 하는 식의 이야기로 흘러가버릴 테고 나도 내 안에서 그렇게 정리해버릴 것 같아 아무 말도 하지 않았다. 그런 게 아니다. 누군가가 목격하지 않았거나 알지 못했던 과거의 일은 아예 존재하지 않았던 거나 마찬가질까, 아니면 아무도 모르더라도 그것이 틀림없이 존재했다는 사실에는 변함이 없는 걸까, 그런 얘기를 하고 싶었다. 이해시키려고 노력하지 않는 건, 내 비겁하고 겁 많은 성격 때문이다. 어쩌면 아무 말 없이 가운데 앉아 있는 케이는 내가 느끼는 이 감정을 이해해줄지도 모른다는 기대를 품었다. 하르툼의 기온을 확인하는 이유도, 어쩌면 제대로 표현할 수 있을지도 모른다. 하지만 정말 이해를 했는지 아닌지 확인할 길은 없다. 이해했다고 말하더라도, 이해한 느낌을 공유한다 해도, 설사 서로 통했다는 감동이 밀려드는 순간이 있다 해도, 정말 그것이 같은 것인지 확인할 길은 없다. 절대.

주택가로 접어든 택시가 루트에서 벗어나 있었다.

"저기, 내비게이션대로 가는 게 좋지 않을까요?"

"이게 지름길입니다. 지난주 태운 손님한테 들었어요."

조수석에 앉은 유키에는 내비게이션을 뚫어지게 쳐다봤다. 유키에나 나나 '바둑판' 같은 도시에서 자랐다. 그래서 길이 똑바로 뻗지 않았다는 사실만으로도 흥미를 느꼈다. 언덕길도 흥미진진했다. 택시는 인적 없는 주택가의 비좁은 길을 오른쪽으로 꺾었다 왼쪽으로 꺾었다 하며 긴 담에 둘러싸인 골목 안으로 들어갔다.

"이런, 길을 잘못 들었네."

운전사는 택시를 억지로 후진시키고, 하나 전 골목으로 다시 접어들더니 갈고리처럼 생긴 길 끝으로 비집고 들어갔다. 헤드라이트가 낡은 아파트 벽과 블록 담과 철망과 잡초를 비췄다.

"어? 이게 뭐야."

운전사 목소리와 동시에 시동이 꺼지는 소리가 들렸다. 차 안에 정적이 흘렀다. 블록 담과 아파트 벽 모퉁이 사이에 자동차가 꽉 끼어버렸다. 운전사는 창문을 열고 차 상태를 확인하더니, 무뚝뚝하게 말했다.

"죄송하지만, 꼼짝 못하게 생겼어요. 좀 내리셔야겠네요. 다른 택시를 부르죠."

"아 진짜, 이 아저씨 해도 해도 너무하네."

유키에가 우울하게 중얼거리는 소리가 들렸지만, 아무도 반응을 하지 않았다. 내게만 통하는 유키에의 마음속 독백이었다. 운전사는 동요하는 기색이라곤 없이 백미러로 뒤를 슬쩍 보았다.

"이 동네 길이 아주 최악이거든요."

유키에와 나는 운전사에게 택시비를 안 내겠다고 뻗댔지만, 피어스 스킨헤드가 택시비를 물었다. 뒷좌석 왼쪽 문만 열렸기 때문에, 모두가 그 문으로 탈출해야 했다. 우리는 다른 택시를 기다리지 않고 넷이서 주택가의 밤길을 걷기 시작했다. 인적은 없었지만 귀뚜라미인지 방울벌레인지, 벌레 우는 소리가 간간이 끊겼다가 다시 울려 퍼지곤 했다. 산책을 해본 길이고, 휴대전화로 위치 확인도 할 수도 있어서 근처 역까지 걸어가기로 했다. 비교적 큰 역이라 그곳이라면 택시를 잡을 수 있을 것이다.

"괜찮겠어? 별로 멀진 않은데."

기모노를 입은 케이에게 묻자 "괜찮아요. 모험 같아서 좋죠" 했지만, 웃고 있지는 않았다.

내가 맨 앞에 서서 Y자 길을 오른쪽으로 꺾자, 낮은 소나무가 늘어선 정원 같은 곳이 나왔다. 문에 달린 흰 빛에, 소형 트럭에 쓰인 '조경'이라는 글자가 보였다. 블록과 흙주머니가 놓인 곳 너머로 기와집이 보였고, 그 건너편에 몇 그루 큰 나무의 나뭇가지 끝이 모여 밤하늘 아래에 검은 그림자를 드리우고 있었다.

"마치 산 같아. 이 동네 참 재밌다."

유키에의 목소리에 뒤를 돌아보자 검은 정장을 입은 유키에의 모습이 어둠에 뒤섞여 흰 옷깃과 동백꽃 코르사주만 떠 있는 것처럼 보였다. 유키에는 두리번두리번 좌우를 살피며 말했다.

"아, 밭이다. 큰 집, 그보다 더 큰 집. 이 아파트는 완전 쓰러지기 직전이네."

나는 전에 산책할 때 발견한 마음에 드는 집들이 나타날 때마다 손가락으로 가리키며 설명을 덧붙였다.

"아, 이 집 정말 괜찮지 않니? 지금은 안 보이지만 툇마루도 있고 정원도 느낌이 좋아."

"이런 집, 요즘은 없지."

"여기도 괜찮지. 옛날 서양식 집처럼 창틀은 하늘색이고, 무늬가 새겨진 유리창이 복고풍이야. 옛날 사람들이 지금보다 훨씬 미적 감각이 뛰어났을 거야, 틀림없이."

"요즘 유행하는 요새 같은 맨션에선 살고 싶은 마음이 영 안 들어."

나와 유키에의 목소리는 가을 풀벌레 소리에 섞여 밤의 어둠 속에서 울려 퍼졌다. 어느새 피어스 스킨헤드는 앞쪽에서 걷고 있었다. 펼친 휴대전화가 손전등처럼 빛났다. 그래도 남자라고 케이의 짐을 들어주고 있었다. 거리를 두지 않고 뒤따라오고 있던 케이가 계속 입을 다물고 있다가 갑자기 "무서워" 하고 말했다.

뒤를 돌아보자 케이는 멈춰 서서 옆쪽에 있는 집 앞의 높은 측백나무를 올려다보고 있었다. 녹색 파도 모양의 커다란 잎이 겹쳐지면서 좁은 길에 반쯤 뻗어 나와 있었다. 그 뒤로는 어두워서 무엇인지 알 수 없는, 잎이 더 밀집한 나무가 있었다.

"나무가 마치 어둠 덩어리 같아."

케이는 그렇게 중얼거리더니 다시 걷기 시작했다.

"신주쿠에서 별로 멀지도 않은데 완전 시골이네요. 흙냄새가 다 나고."

"와, 이거 밭이야? 히카짱, 이런 데 살아서 외롭지 않아?"

상점가에 사는 유키에가 물었다.

"처음엔 밤길이 너무 어두운 것도, 밤낮없이 조용한 것도 좀 으스스했는데, 지금은 익숙해졌어."

"히카짱 부모님 사시는 데가 역 바로 앞, 파친코 건물을 양쪽에 낀 맨션이거든."

유키에가 그렇게 설명하자, 케이는 그래요? 하고 대답했을 뿐이었다. 케이는 부모님과 함께 연안 고층 맨션에 산다고 했다. 35층.

좁은 길 양쪽으로 정원 있는 집, 정원 없는 집, 아파트, 저층 맨션이 끊임없이 이어졌다. 몇십 년 전까지만 해도 이곳엔 밭이 계속 이어져 있었을 것이다. 나는 그 가운데 지금보다 더 많이 서 있었을 나무들을 보고 싶다는 생각을 하며 걸었다.

어느 창에선가 텔레비전 소리가 흘러나왔다. 다른 창에서는 번쩍번쩍 정신없이 점멸하는 텔레비전 빛이 반사되었다. 자그마한 절 문이 있었고, 양쪽에는 느티나무와 단풍나무가 서 있었다. 금목서 냄새 같은 게 풍겨왔다.

"도쿄에 거목이 많은 건 정말 대단한 발견이었어. 엄청나지 않니? 나무가 이렇게 크게 자란다는 거 알고 있었어? 이렇게 큰 느티나무를 보면 지금껏 본 것들이랑 종류가 다른 것 같아. 놀라운 사실, 도쿄가 일본에서 거목이 제일 많은 지역이래."

술도 마셨겠다 밥도 먹었겠다, 택시 사건도 약간의 이벤트 같아서 마음이 들뜬 나는 쾌활하게 떠들었다.

"우리 집엔 더 큰 나무 있는데."

갑자기 피어스 스킨헤드가 말을 꺼냈다.

"부모님 집 정원에, 이런 거보다 훨씬 더 크고 쭉 뻗은 아름드리 나무가 있어. 네 그루쯤."

"뭐? 진짜? 집이 어딘데?"

지명을 듣고, 나는 작년 겨울에 친구들 차로 훗사에 갔던 때의 일을 떠올렸다. 오우메 가도를 따라 넓은 집들에 딸린 거대한 느티나무가 여럿 서 있었다. 그런 집들이 무척 많았다. 차창으로 흘러가던 그 풍경들! 고대 신전의 돌기둥처럼 우뚝 솟아, 몇백 년 전부터 변함없이 같은 자리를 지키는 그 나무들!

"할아버지가 돌아가시면 다 베어버릴 텐데. 아버지가 아파트를 짓겠다고 하셨거든."

피어스 스킨헤드의 말에, 나는 잠시 생각했다.

"그 나무 베어버리면, 나한테 죽어."

내 목소리는 나 자신도 놀랄 만큼 분명했다. 유키에가 웃었다.

"죽일 것까지야. 사람은 잘 안 죽으니까 체력이 꽤 필요할걸?"

"아, 그래요? 몰랐어요."

케이가 감탄했다. 정말 너무 솔직한 애다. 피어스 스킨헤드가 한 손으로 휴대전화를 열었다 닫았다 하면서 말했다.

"그럼 네가 상속세를 물든가. 어차피 땅 팔면 그 땅 산 사람이 베어버릴 텐데."

피어스 스킨헤드가 하늘을 올려다봤다. 어둠 속, 흰 별이 있었다. 벌레 소리는 점점 희미해졌다.

"사람 목숨은 지구보다 무겁다는 말을 한 사람이 있었잖아. 나무 따위야, 지구의 몇억 분의 일인데 뭐."

설명하는 게 귀찮아서 나는 아무 대답도 하지 않았다.

"나 그 집 필요 없으니까, 아버지 돌아가시면 너한테 팔면 되겠다. 돈 많이 벌어서 나한테 사. 그럼 나는 가게도 차릴 수 있겠고."

그제야 할 말을 찾은 유키에가 얼른 물었다.

"가게 하고 싶어? 무슨 가게?"

"딱히 정한 건 아니고, 친구나 주변에 좋은 사람들 많잖아. 재밌는 녀석들도 많고. 음악 하는 멋진 놈, 음식 잘하는 놈, 그런 놈들 모아서 먹고살 수 있게 해주고 싶다는 생각을 하거든."

옆쪽 집의 2층 불빛이 꺼졌다.

"그럼 다들 나한테 고마움을 느낄 거 아냐? 많은 사람들한테 고맙다는 말을 들으며 죽고 싶잖아."

생각보다 따분한 남자군, 그렇게 생각했다.

"세상은 점점 더 안 좋은 쪽으로 변하잖아요?"

케이의 쭉 뻗은 목소리가 사거리에서 울려 퍼졌다.

"좋은 시절은 다 가버리고 세상은 점점 더 나빠지잖아요? 히카루 씨가 말하는 나무들이랑 집들이랑 다 그런 얘기잖아요. 좋은 세상은 결국 사라져간다는. 그러니까 다른 사람들 걱정보다 제 앞가림부터 해야 한다고 생각해요. 아, 이거, 나 자신에 대한 얘기예요."

케이의 안경 렌즈에 가로등 불빛이 반사되었다. 어두워서 플라밍고는 잘 보이지 않았다. 유키에가 다시 케이의 어깨를 두드렸다.

"현실적인 건지, 세상 물정을 모르는 건지, 알쏭달쏭한 애네. 암튼, 남자랑 사귀어보고 실연 한 번 당해봐라."

"겪어봤거든요, 그런 것쯤."

"그런 것쯤?"

피어스 스킨헤드가 코웃음을 쳤다. 그리고 나를 향해 말했다.

"아까 그 오키나와에서 만났다는 여자 얘기, 진짜 내 얘기 아니야. 그 자식, 내가 멋대로 떠들었다고 화난 거야. 속 좁은 놈."

"누구 얘기든 뭔 상관."

말해놓고, 아차 싶었다. 아무리 좋게 봐도 삐친 것 같은 말투다. 그는 내게 몸을 바짝 붙여왔다.

"내 얘기라고 생각하는 거 다 알아. 근데, 정말 아니야."

유키에가 끼어들었다. 유키에하고는 오랜 친구라, 내 기분을 알아채줄 때가 있다.

"차였다고? 어떤 애한테? 보기에 우락부락한 남잔 이상하게 청초한 여자를 좋아하더라. 수수한 느낌이지? 연상?"

"나, 결혼했거든요?"

피어스 스킨헤드는 갑옷 같은 은색 반지를 낀 손을, 유키에 앞에 흔들어 보였다.

"아, 그래?"

그 후에는 묵묵히 걸었다. 케이는 분명 발이 아플 것이다. 벌레는 더 이상 울지 않았다.

역 근처 흰 고층 맨션을 목표로 걸었지만 좀체 보이지 않아서 아직 멀었나 싶었는데, 갑자기 탁 트인 곳이 나와 놀랐다.

겨우 도착한 역 앞에, 아무것도 없는 공간이 펼쳐져 있었다. 반년 전에 왔을 때 있던 고층 맨션이 홀연히 사라지고, 공사용 흰 울타리가 둘러쳐져 있었다.

"넓다."

누가 그 말을 했는지는 잊어버렸다. 공터가 된 곳은 어느 만큼 넓은지 가늠도 되지 않을 만큼 넓었다. 기둥을 받치고 선 역 건물과 선로가 저 멀리 보였다. 저편 맨션이 작게 보일 만큼 멀었다. 공터에는 기중기도 잔해도 그 무엇도 없이 검은 흙이 평평하게 다져져 있을 뿐이었다. 모든 소리를 빨아들이는 그런 고요함이 있었다. 그 위의 방대한 공간이, 우리 위로 덮쳐올 것 같았다.

터무니없이 아득하고 쓸쓸한 곳이었다. 어둠이 내려앉은 호수 같았다.

어둡고 거대한 공동이, 그곳에 있었다. 옆쪽에 두 그루의 느티나무가 서 있었다. 나뭇가지가 바람에 흔들렸다.

새해가 밝고 1월 연휴에, 유키에가 이번에는 친구의 정식 피로연에 참석하기 위해, 다시 묵으러 왔다. 그 무렵 하르툼은 낮 기온이 33도 정도였는데, 하바롭스크의 밤 기온은 영하 30도 이하로 떨어진다고 나와 있었다. 아사히카와는 영하 5도, 나하는 22도. 서울과 베이징은 홋카이도, 상하이는 도쿄, 타이베이는 오키나와 정노의 기온이라는 걸 점차 이해하게 되었다. 눈 아이콘은 마치 곰팡이 포자 같았다. 날씨예보에 등록한 도시는 더욱 늘어났지만, 아이폰 어플은 두 개밖에 늘지 않았다. 주소 교환 어플과, 들려오는 곡을 검색하는 어플.

내 방은 낡은 아파트 1층이라 추웠다. 발밑을 내려다보자 유키에는 아직도 자고 있었다. 유키에는 새벽 세 시에 들어왔다. 사이 좋은 친구가 결혼을 한 거라 얼마나 울어댔는지 눈이 퉁퉁 부어 있었다. 우리 집에 묵은 다른 한 사람, 그때가 초면이었던 료코짱은 벌써 일어나 화장을 하고 있었다. 료코짱 화장술이 수준급이니까 배워두는 게 좋다고 유키에가 말했기 때문에 떨지 않고 속눈썹 안쪽 라인을 그리는 법에 대해 물었더니, 익숙해지는 것 말고 방법 없어, 하고 말했다.

내내 틀어뒀던 텔레비전에서는 NHK 낮 뉴스가 끝나갈 무렵이었고, 지방 이벤트와 계절에 관한 화제를 소개하고 있었다. 설거지를 하던 내 귀에 아나운서의 목소리가 들려왔다.

"지바의 ……시입니다. 조부에게 물려받은 밭에서 아이들에게 야채 키우는 즐거움을 가르치는 초등학교 여교사……"

거품을 묻힌 채, 방으로 들어가 텔레비전을 보았다. 내 또래의 여자가, 밭에서 인터뷰를 하고 있었다. 하늘색 파카 차림으로.

"땅이란 게 참 따뜻하고 부드럽고, 자연의 영혼을 직접 피부로 느끼게 해요."

그녀는 정말 미인이었다. 대부분의 사람이 호감을 느끼는 부드러운 얼굴.

"나 이런 타입, 좀 싫더라."

마스카라로 화장을 마무리하면서 료코짱이 말했다. 나도 그 말에 동의했다. 그러고는 물었다.

"이름이 뭐래? 이 사람."

속눈썹용 핫 컬러hot curler를 속눈썹에 만 채로 료코짱이 눈을 치떴다.

"이름? 모르겠는데."

창밖에 사람이 지나갔다. 1층 이 집에 살게 된 이유는 전에 여기 친구가 살았고, 집이 괜찮다 생각했는데, 마침 이사하는 타이밍이 맞아서였다. 하지만 도쿄의 겨울은 추워서 다른 데로 이사를 할까 망설이는 중이다. 여기서 두 번째 맞는 겨울이다.

유키에가 일어나자, 봄부터 도쿄에서 살게 될 료코짱의 집을 물색할 겸, 셋이서 산책을 나갔다. 료코짱은 오사카 교외의 비교적 길이 구불구불한 곳 출신이라 복잡한 골목길에는 놀라지 않았지만, 나무들에는 감탄을 해서 기뻤다.

낡은 아파트, 신축 맨션, 기와를 다시 이는 게 좋을 것 같은 단층집, 아이들 세발자전거가 놓인 새로 지은 3층 건물, 2세대 주택, 감시카메라가 다닥다닥 달린 집. 우리는 그 집들을 하나하나 보며, 낡았네, 비싸 보이네, 좁겠네, 긴 집이네, 수수한 멋이 있네, 돈이 많을 것 같네, 나쁜 짓 해서 돈 번 사람 집 같네, 알파 로메오네, 도요타 세르시오네, 반사적으로 그런 감상을 떠들며 걸었다. 가끔 돌로 된 으리으리한 문기둥이 나타나고, 옛 한자로 지금과는 다른 주소가 쓰인 문패가 걸려 있었다. 그런 집엔 어김없이 그 문기둥 위를 덮듯 자란 소나무가 있고, 정원에는 감나무와 매화나무와 개오

동나무가 심어져 있었다.

녹색 창고 같은 건물 옆에 지하로 내려가는 계단이 있었다. 반지하 방은 자주 보지만, 지하로 계단을 내려간 안쪽에 문과 작은 창이 있을 뿐, 완전히 지하실 같은 방을 발견한 건 처음이었다. 문패까지 제대로 달려 있었다.

"절대로 살기 싫어."

"집값은 얼마나 받을까?"

"히카짱, 바로 돈 얘기 하는 건 변함없구나. 베트남에서도 저 호텔 묵는 사람은 부자야, 시급은 얼마일까, 그런 소리만 하더니."

전방은 좁은 길이라 자동차로 지나가실 수 없습니다, 라는 표지판이 붙은 골목으로 들어섰다. 홈통에 늘 빨래가 걸려 있는 집 옆을 지나자 언덕길이 나왔다. 그 너머 집이 이번 관광 포인트 중 하나였다. 대나무 숲이 산처럼 불룩 솟아 있었다. 마당을 가득 메운 대나무들이 안쪽에 있는 단층집 툇마루를 가로질렀고, 눈앞에 보이는 방치된 작은 차 안에도 대나무가 자라나 있었다.

"자연은 참 대단하다."

유키에는 여행 프로그램에서 산간벽지를 찾아간 탤런트처럼 말했다. 울음을 터트릴 듯한 목소리였다.

"이거, 어디서부터 자라는 거지?"

료코짱이 차 밑을 살펴봤지만, 도장이 벗겨지고 타이어 바람이 완전히 빠진 자동차 바닥은 잡초로 뒤덮여 있었다. 창문으로 들여다봐도 시트나 바닥에 구멍 같은 건 보이지 않아 차 안에 자라난 대나무의 근원이 어딘지를 알 수 없었다.

"오십 평은 되겠다. 이 근처면 일 억 엔은 할걸?"

"대나무는 마구 증식하니까, 옆집 사람은 무섭겠다."

어린이집 모퉁이를 돌자 가장 좋아하는 집이 나타났다. 붉은색이 도는 기와지붕에 툇마루가 있고, 현관 오른쪽에는 하늘색 창틀이 달린 선룸sunroom이 있었다. 툇마루 처마에는 포도 넝쿨이 이어졌는데, 처음 발견했을 땐 연두색 포도가 매달려 있었다. 정원 나무는 매화나무와 벚나무와 미모사. 이제 곧 필 계절이다.

"평화롭군."

유키에가 말했다. 추웠지만, 햇빛이 비추는 곳은 따뜻했다. 하늘은 푸르렀다.

산책하는 동안, 빈집으로 보이는 집을 몇 채나 발견했다. 아파트 1층에 커튼도 없이 안이 훤히 보이는 곳도 있었고, 정원 잡초가 무성할 대로 무성해진 낡고 큰 집도 있었다.

"어차피 아무도 안 사는데, 좀 살게 해주면 안 되나?"

"그럼 내가 잘 가꾸면서 살아줄 텐데. 관리비로 월 이만 엔쯤 주고 싶을 만큼."

"나가라면 당장 나가고 말이지."

과거엔 이 집에도 활기찬 목소리가 넘쳐났겠지 하는 상상은 할 수 없었다. 그저 할아버지나 할머니가 돌아가셨거나 입원을 했겠지, 자식들은 다들 사정이 있거나 재산 때문에 다투고 있거나 그런 거겠지, 하고만 생각했다.

"근데 지진 나면 좀 그러니까 내진보강은 해야지."

고베에 있던 유키에 할머니 집은 지진 때 완전히 무너졌다. 우리 집은 14층이었는데, 식기가 엄청나게 깨지고 텔레비전이 굴러떨어졌다. 료코짱은 세상모르게 자고 있었다고 했다.

"난 지진보다 벌레랑 쥐가 더 싫더라. 그래도 가게는 하고 싶다. 이런 집에서 카페나 갤러리 같은 거 하면 좋지 않겠어?"

"료코짱한테 잘 어울리겠네."

"그렇지?"

철도 건널목을 건너자 절이 나왔다. 안쪽 묘지와의 경계에는 금줄이 걸린 은행나무와 커다란 녹나무가 있었다. 잎이 떨어진 은행나무는 낮은 위치에서 두 갈래로 나뉘고 그 끝에도 줄기처럼 두터운 가지가 힘차게 뻗어 전체적으로 둥근 윤곽을 만들었다. 새잎이 나올 때쯤 다시 보러 와야지, 생각했다. 료코짱이 바로 옆에 있는 푸른 지붕 맨션을 올려다보며 말했다.

"여기 좋다. 전망도 좋고."

"코앞이 묘지인데도 괜찮아?"

"실제로 끔찍한 짓을 저지르는 건 죽은 사람보다 산 사람이야."

누군가에게서 들은 말을, 나는 내 말인 것처럼 했다. 그런 다음 돈과 관련된 발언을 기대하는 유키에의 시선을 알아채고 덧붙였다.

"20퍼센트쯤 할인 안 될까?"

"저 3층짜리 끝 집이 좋겠다."

료코짱이 손가락으로 가리킨 집 베란다에는 오렌지색 담요가 널려 있었다.

연극을 보러 가는 두 사람을 배웅하고 혼자 근처 역까지 걸었다. 작년 9월, 밤중에 걸어 도착했던 그 역 앞에 다시 섰다. 드넓은 공터는 공터인 채로 남아 있었다. 흰 패널에 둘러싸인 그곳의 상공을, 파란 하늘이 돔처럼 뒤덮고 있었다.

내년에 역 건물이 완성되면 이 넓은 땅은 사라질 것이다. 하지만, 과거 도쿄에서 일어났던 지진이나 전쟁, 혹은 지금 진행되고 있는 재개발처럼 앞으로 어떤 미지의 사건이 일어날지 알 수는 없지만, 그때마다 이렇게 본래의 땅이 모습을 드러낼 것이라는 생각을 했다. 그리고 다시 언젠가, 얼마나 시간이 흐른 다음일지 알 수는 없겠지만, 이곳이, 아주 오랫동안 그랬던 본연의 형태가, 몇 번이고 되살아날 것이라는 생각을 했다.

집 앞에 도착했는데, 비스듬히 앞쪽에 있는, 철제 덧문을 계속 닫아두었던 낡은 집 앞에 소형 운송회사 트럭이 세워져 있었다. 작업복을 입은 남자들이 트럭 뒤쪽 문을 열고, 천으로 싼 서랍장을 차로 옮기고 있었다. 빈집이 아니었구나, 하고 놀라며 트럭 뒤에 숨어 집 안을 들여다보려고 목을 뺐을 때 누군가가 등을 톡톡 쳤다. 뒤돌아보니 검은 코트에 뜨개질한 모자를 쓴 할머니가 서 있었다.

"아가씨, 자주 우리 집 사진 찍던 그이 맞지요?"

한 번도 본 적 없는, 모르는 사람이었다.

ハッピーでニュー

해피하고 뉴, 하지만은 않지만

탁, 하고 책이 떨어지는 소리에 잠이 깼다. 꾸고 있던 꿈의 감촉과 뒤섞인 채, 가늘게 뜬 눈꺼풀 사이로, 켠 채로 둔 텔레비전이 보였다. 어두운 방 안에서 빛을 내는 것은 텔레비전뿐, 화면에 산이 떠올라 있었다. 어딘지는 알 수 없지만 산등성이엔 잔설이 남아 있고 앞쪽 들판에는 작은 꽃이 피어 있다.

아아, 이제 내년이 된 걸까. 아니지, 내년이 아니고 올해인가. 내 머릿속, 간신히 움직이기 시작하는 의식이 그렇게 말하고 있었다. 덥다. 한겨울인데 왜 이렇게 더운 걸까? 어깨를 무겁게 내리누르는 이불과 담요 아래에 땀과 습기가 배어 있다. 목은 여전히 아프다. 입안도 콧속도 거슬거슬하고, 숨을 들이마실 때마다 그 거슬거슬한 곳에 닿아 기침이 났다.

옷을 갈아입는 게 좋겠어. 그런 다음 물이라도 마셔야겠다, 라고 생각하는데 다시 눈꺼풀이 내려갔고 동시에 생각도 서서히 닫혀갔다.

지금 이 맨션엔 나밖에 없다. 강도가 들어서 소리를 지르고 난리를 쳐도 아무도 모를 것이다. 시체조차 한동안 발견되지 못한 채 방치될지도 모른다.

창밖에서 휘이잉 하고 돌풍이 불자, 바람에 날린 마른 잎이 창문에 부딪치는 소리가 났다. 모든 것이 다 메말라가고 있었다.

다시 잠이 깼을 때는 눈이 번쩍 떠졌다. 지금까지 자고 있었다는 사실을 잊어버릴 만큼 갑작스럽게 깼다.

흰 천장에 에나멜 갓을 씌운 조명. 커튼레일 위쪽 틈새로 비쳐 들어와 무언가에 반사된 햇빛이 천장에서 흔들리고 있다. 잠시 후, 아, 목이 아프지 않네, 하고 깨달았다. 갑갑한 이불 속에서 몸을 옆으로 돌렸더니 등이 얼얼했다. 열이 난 후에는 언제나 이런 느낌이 든다. 신경이 평소보다 피부 쪽으로 나와 있는 듯한 느낌.

이틀 내내 켜둔 텔레비전은 볼륨이 낮아서 소리가 거의 들리지 않을 정도다. 전통의상을 차려입은 연예인들이 가로로 길쭉한 고타츠에 둘러앉아 굵은 매직으로 글자를 적은 플립 차트를 들고, 주어진 주제에 대해 경험담을 얘기하고 있었다. 소리가 들리지 않는 탓에 입을 벌리고 웃는 얼굴이 마치 연기처럼 보인다. 오늘따라 금색 글자가 넘쳐나는 세트장과 엄청나게 커다란 소나무 장식. 설날이다. 판화로 찍어내는 듯 언제나 똑같은 설날. 길게 한숨을 내쉬자 목의 통증이 가셨다는 걸 다시금 실감했다. 열도 없다.

손을 뻗어 머리맡에 굴러다니던 휴대전화를 보니 정오가 훨씬 지나 있었다. 문자를 확인한다.

'새해 복 많이 받으세용☆ 모자란 저지만 올해도 잘 부탁드립니다!!! 부모님 집에 와 있는데, 눈이 넘 많이 와서 아무 데도 못 가고 슬퍼용(ㅠㅠ). 야마네 선배님은 러블리한 설날을 만끽하시고용!! 근무는 언제부터 하세요? 저는 4일, 정말 시러요. 일하기 시러. 뭐래? 죄송죄송. 그럼 또 뵈어용!!'

이해가 안 된다. 스물두 살 아니었나? 게다가 남자. 작년에 친구와 함께 밥을 먹으러 갔다가 알게 된 친구의 후배인데, 우연히 내가 다니는 회사 건너편 꽃집에서 아르바이트를 하고 있어 아침마다 인사하는 사이가 된 후로 가끔씩 문자가 온다. 겉보기엔 지극히 멀쩡하고, 여자애들이 좋아한다는, 정수리 쪽을 살짝 세운 헤어스타일에 귀여운 얼굴이다. 좀 늘어지는 화법을 구사하긴 했지만 말을 할 때는 이렇게까지 막가지는 않는데, 문자는 왜 이럴까. 시러. 슬퍼용, 뭐래……

그것 말고 친구들이 보낸 간단한 새해인사가 두 건 저장되어 있었지만, 아직 답장할 기력이 없어서 일단 휴대전화를 내려놓고 침대에서 나왔다.

플리스 무릎담요를 어깨에 걸친 채 등을 구부리고 앉아 고타츠에서 고기우동을 후루룩거리고 있자니, 서른한 살의 여자로서 나름 쓸쓸한 기분이 들었다. 고기우동은 이걸로 네 끼째. 12월 29일 낮에 퇴근하던 즈음부터 목이 조금 따끔거렸는데 저녁엔 친구와 만두전골을 먹으러 갔고, 돌아오는 전철에선 머리와 등까지 욱신거리기 시작했다. 독감이면 어쩌지? 휴일이라 병원 문을 닫아 타미플루 처방도 받지 못할 텐데, 그렇게 생각하며 일단 감기약과 트로치*와 먹을 것을 사 들고 집으로 돌아왔다. 먹을 것은 냉동 고기우동 다섯 개와 앙카케 라면 두 개와 비타민 워터 다섯 병. 그런데 고기우동이 맛있어서 그것만 연속으로 먹어치웠다. 고기의 기름기와 다랑어포 국물의 조화가 절묘했다.

"시청자 여러부운~, 새해 복 마~아니 받으세요~."

소매가 긴 진홍색 기모노를 입은 여자 아나운서가 애교 섞인 목소리로 외쳤다. 오늘 하루 텔레비전에서 이 인사말을 몇 번이나 듣게 될까 생각하며, 이미 본 적이 있는 〈재미있는 동물 영상〉이라는 제목의 시청자 비디오 프로그램을 멍하니 바라보았다. 검은 새끼 곰이 두 발로 선 모습은 그 안에 사람이 들어 있을 것만 같아 보였다.

* 약물 혼합 정제. 소염제 혹은 진해제로 사용한다.

국물까지 쭉 들이켜 반짝이는 흰 바닥이 드러난 그릇을 싱크대에 갖다 놓고, 비타민 워터를 마시며 텔레비전 앞으로 돌아왔다. 감기에는 이게 제일이라고 믿는다. 비타민 C 1000밀리그램. 채널을 돌려보지만 볼 만한 게 없다. 이것저것 많이 하지만, 볼 만한 게 정말 없다.

텔레비전을 끄자 방 안에 먹먹하게 이명 소리가 가득해질 만큼 조용해진다. 사람 소리도, 자동차 소리도, 새들의 지저귐도, 그 어떤 소리도 들리지 않는다.

다운재킷을 걸치고 베란다로 나가보았다. 내가 사는 3층짜리 맨션에 직각으로 지어진 아파트 베란다가 평소처럼 한눈에 내려다보였다. 1층과 2층에 네 가구씩. 이렇게 화창한 날이면 보통 베란다에 빨래와 이불이 나와 있게 마련인데, 오늘은 어디에도 없다. 약속이나 한 듯 창마다 커튼이 꼭꼭 쳐져 있고 인기척 없는 베란다와 창문에만 밝은 햇볕이 내리쬐고 있었다.

어제 〈NHK 홍백가합전〉이 시작되기 직전에 커튼을 치는데, 평소와 달리 불 켜진 창이 하나도 없나는 사실을 깨달았다. 베란다에 나가 몸을 내밀어보았지만, 이 맨션의 다른 집에서도 불빛은 새어 나오지 않았다. 별이 유난히 밝아 보일 만큼, 어둡다. 혹시 지금이 동네엔 나 혼자 있는 것일까. 지금 이 집에 강도라도 든다면 아무리 소리를 지르고 난리를 피워도 아무도 모르게 죽게 될 것이다. 회사도 휴무고, 친구에게 문자 답장을 보내지 않아도 설날이니 어디 여행이라도 갔나 보다 하며 걱정은커녕 신경도 쓰지 않을 것이다. 부모님 역시 감기에 걸렸으니 자고 있겠지, 평소에도 귀찮아서 잘 연락하지 않는 애니까 걘, 하고 생각할 테니 며칠이 지나도록 내 시체가 발견되지 못할지도 모른다. 한겨울이지만 난방기구 탓에 시체는 썩어가겠지.

진심으로 무서운 건 아니었지만 그래도 커튼을 꼼꼼히 치고 문을 잠그고 체인을 확인했다. 해마다 부모님 집에 갔었기 때문에 나역시 도쿄에서 연말연시를 보내는 건 처음이라, 이렇게까지 사람이 없다는 게 놀라웠다. 가족 간의 유대가 약해졌다, 불경기라 레저 수요가 줄었다, 요즘 젊은이들은 차에도 해외여행에도 별 관심이 없다, 그런 뉴스가 쏟아지지만, 결국 다들 어디론가 가고 없잖아, 다들 갈 데가 있는 거잖아. 그렇게 가볍게 분개하면서 역시 고기우동을 먹고 이불 속에서 홍백가합전을 보았다. 어렸을 때도 그렇고 지금껏 홍백가합전을 제대로 본 적이 없었기 때문에 중간에 정신없이 끼어드는 응원 경쟁이 신기했다. 이런 걸 우리나라 인구의 절반에 가까운 사람들이 보고 있구나, 새삼 감탄했다. 트로치를 녹여 먹다가 중간 뉴스가 시작되기 전에 잠이 들어버렸다. 그렇게 자는 동안, 새해가 밝은 것이었다.

찬 공기에 몸을 떨며 방으로 돌아왔다. 집에 있다고 새해 첫날부터 빨래를 하지는 않을 테고, 어쩌면 집 안에 틀어박혀 있는 사람도 있겠지, 그렇게 생각을 고쳐먹었다. 이틀 내리 자서 그런가, 최근 몇 년 만에 가장 개운했다. 이렇게 정신이 맑은데, 갈 데도 없고 할 일도 없다니. 편의점에 식료품이나 조달하러 가야겠다, 하고 이틀 만에 얼굴을 씻었다.

집을 나와 곧바로 오 분쯤 가면 모퉁이에 비디오 대여점이 있고 거길 돌면 상점가가 나온다. '근하신년' 깃발이 펄럭이는 그 길에 접어들자 사람들 모습이 하나둘 보여 안심이 됐다. 역 쪽으로 걸어가는데, 다른 사람들은 모두 내 쪽으로 걸어온다. 신사에 새해 참배를 다녀오는 길이겠지. 귀신 쫓는 화살을 든 사람도 드문드문 보였다. 평소엔 사람과 자동차와 자전거를 피해 걸어야 하는 길인데, 오늘은 천천히 마음 놓고 걸을 수 있었다. 설날 당일 오전만 빼고 연중무휴인 마트를 포함해 많은 상점들이 문을 닫았고 셔터에 안내문이 붙어 있었다. '8일부터 영업합니다' 같은 문구를 보며 '일주일씩이나 쉬다니' 하고 속으로 욕을 퍼부어주었다.

문을 연 가게는 규동 집과 술 판매점과 서점뿐이었다. 어디로 보나 동네 책방 같아 보이는 서점에는 평소엔 가게 앞에 서서 잡지를 읽는 사람밖에 없었는데, 오늘은 좁은 가게 안이 사람들로 꽉 차 있었다. 모두 할 일이 없구나, 내 맘대로 공감하면서도 안으로는 들어가지 않고, 그 건너편 편의점에서 냉동 야키우동 두 개, 냉동 소바, 요구르트, 슈크림을 사 들고 왔던 길로 되돌아왔다.

높은 하늘은 푸르렀고, 겨울 해가 비스듬히 쏟아져 눈이 부셨다.

비디오 대여점도 영업을 하고 있었다. 활짝 열린 문으로 계산대가 들여다보였고, 파란 점퍼를 입은 점원들이 새해가 되었어도 복이라곤 받지 못한 것 같은 표정으로 바코드를 찍고 있었다. 대학생으로 보이는 평범한 남자애가 일하는 모습을 보니, 애쓰네 싶어 감동한 나머지 뭐라도 빌려 가기로 했다.

하지만 딱히 보고 싶은 영화도 없는데 디브이디가 들어찬 진열장 앞에 서 있으려니, 매일 아침 옷장을 열 때마다 '옷이 이렇게 많은데 오늘 입을 옷이 없어' 하고 당황할 때처럼, 마음에 꽂히는 게 없어서 진열장 앞에서 왔다 갔다 하게 됐다.

그래서 평소에는 보지 않는 '활극, 액션물' 코너 앞까지 가게 됐는데, 디브이디 앞면이 보이게 놓여 있는 중간 단 가운데쯤에서 눈이 멈췄다.

앞면에는 두 여배우가 나란히 찍혀 있었다. 〈여자 조폭 Ⅱ〉.

한 여자는 새빨간, 또 한 여자는 가슴골을 강조한 보라색 드레스를 입고 있었다. 그녀들의 발밑에 양아치처럼 보이는 남자들이 엎드려 있다. 필요 이상으로 눈이 큰, 새빨간 드레스의 여배우 뒤에 몸을 숨기듯 비스듬히 돌아서 앞쪽을 바라보고 있는 보라색 드레스의 여배우. 흩날리는 벚꽃 문신을 한 어깨 옆에 이름이 쓰여 있었다.

야노 마리사.

나는 디브이디를 손에 들고 그녀의 얼굴을 가만히 들여다보다가 뒤집어보았다. 빨간 드레스를 입은 주연 여배우는 모르는 이름이었지만, 야쿠자 배역의 배우들 중에는 한때 텔레비전 드라마를 장식했으나 요 몇 해 뜸한 이름들이 몇몇 있었다. 디브이디를 진열장에 다시 올려놓는다. 옆에는 〈룸살롱 아가씨, 호타루 모모카의 사건 파일〉, 뒤쪽에는 〈킬러 여왕님, 절 좀 더 혼내주세요〉. 두 작품 다 몇 년 전까지만 해도 꽤 대접을 받았던 몸짱 아이돌이 주연이었고 같이 출연한 배우들도 비슷한 경우였다. 아니면 아예 모르는 사람들이거나.

이런 장르도 있었구나, 진심으로 감탄하며 다시 한 번 〈여자 조폭Ⅱ〉를 집어 들었다. 그리고 뒷면 사진에서 기관총을 든 야노 마리사를 확인한 후 계산대로 향했다.

비디오 대여점을 나서자 이미 저녁 어스름이 깔리고 있었다. 집에 오는 길에 뒤편 아파트와 내가 사는 맨션 베란다를 확인했더니 역시 아무도 없는 것 같았다. 우리 맨션에는 층마다 세 가구씩 총 아홉 가구가 있는데 아홉 개의 우편함에 하나같이 배달 피자와 신축 맨션 전단지가 꽂혀 있었다. 한 곳은 원래 빈집이지만, 나머지는 모두 부재중. 좋겠다, 다들 어디 갔을까, 그런 생각을 하면서 연하장 다발을 꺼내 쥐고 차가운 바람이 부는 계단을 3층까지 걸어 올라갔다.

냉동 소바를 냄비에 넣고 가스레인지에 불을 붙였다. 얼어 있던 갈색 국물이 올록볼록한 흰 편수냄비 바닥에서 스케이트를 타듯 미끄러지며 녹기 시작했다.

'해넘이 소바'*가 아닌 '해맞이 소바'가 되어버린 국수 그릇을 고타츠 위에 올려놓고 디브이디를 틀었다. 〈호타루 모모카의 사건 파일〉〈쿵푸 여신〉 같은 예고편이 잔뜩 나온 다음에야 겨우 시작된 영화의 첫 장면은, 조폭 사무실에서 검은 가죽 비키니에 망사 스타킹을 신고 등에 용 문신을 한 여배우가 양손에 권총을 들고 활개 치는 장면이었다. 피가 난무하고 머리가 날아가고 잘린 팔이 나뒹굴었다. 어이가 없으면서도, 나름 저예산으로 열심히 만들어보겠다는 의욕이 넘쳐나는 영상이구나 생각하며 봐주는데, 여배우의 팔이 팔꿈치에서 쑥 빠지고 거기에서 총구가 나오더니 조폭들을 깡그리 처리했다.

어떤 마음가짐으로 감상을 이어나가야 할지 갈피를 잡지 못한 채 화면을 바라보는데, 라이벌 룸살롱을 지휘하는 여자가 등장했다. 야노 마리사였다. 그녀는 노출이 심한 롱 드레스를 입고 소파에 깊숙이 기대 앉아 악덕 경찰서장과 밀담을 나누고 있었다. 마리사는 그 배역을 완벽히 소화하기 위해 혼신의 힘으로 연기하고 있었다. 한 성격 하는 이 넘버원 아가씨는 끼를 부리며 남자들을 홀

---

* 일본에서는 12월 31일에 대청소를 하고 밤에 소바를 먹는 풍습이 있다.

리는 전형적인 인물이었다. 얼굴과 허스키한 목소리가 야노 마리 사임에 틀림없었지만, 나는 이상하게도 아무런 감회에 젖지 못한 채, 그저 대본대로 움직이는 그녀를 멍하니 바라보고만 있었다.

십 년 전 어느 때, '야노 마리사'라는 이름은 내게 조금은 어수 선한 감정을 불러일으키는 이름이었다. 그때 나는 열아홉 살, 야노 마리사는 열여섯 살이었다. 단정한 쇼트커트에 불안정하다 싶을 만큼 팔다리가 길었던 열여섯 살 사진 속의 그녀는, 삐딱한 눈빛으 로 이쪽을 바라보고 있었다.

타란티노 영화 패러디 같기도 하고, 〈의리 없는 전쟁〉의 패러디 같기도 한 액션 장면, 그리고 오랜만에 보는 남자 탤런트들의 얼굴 을 보는 것에 살짝 재미를 느끼긴 했지만, 난투와 밀담과 야한 장 면과 살육이 반복되자 지루해졌다. 목욕이라도 할까 싶어 욕조 물 을 받으려고 일어섰는데 휴대전화가 울렸다. 오키나와로 여행 간 친구들의 '새해 복 많이 받아!' 하는 들뜬 목소리를 떠올리고는, 지 금 내 상황과의 격차에 피로를 느끼며 전화기를 확인했다. 당황스 럽게도 '간다가와 에츠코'라는 발신자 이름이 찍혀 있었다.

옆 부서에서 일하는 대여섯 살 연상의 선배. 친하지는 않다. 전화 통화도 처음이라 회사나 회사 동료에게 무슨 일이 있나, 하는 불길 한 상상이 머리를 스쳤다.

"여보세요."

"앗, 야마네짱이야? 새해 복 많이 받아요."

"아아, 새해 복 많이 받으세요."

이상할 정도로 들뜬, 아니 그보단 외침에 가까운 목소리가 휴대전화에서 울렸다. 귀를 살짝 떼야 했다.

"저기 있지, 혹시 말이야, 야마네짱 지금 시골 가 있어요?"

"아뇨, 도쿄에 있는데요. 감기에 걸려서……"

"정말? 여기 있다고? 아, 있었구나, 여기……"

"네."

"부탁이야, 나 좀 재워줘요."

간다가와 씨의 목소리에는 다급함이 묻어나 있었다.

육 개월 전쯤, 회사 동료가 부친상을 당해 다녀오는 길에 간다가와 씨가 바로 한 역 건너 산다는 걸 알게 되었다. 이웃사촌이니까 무슨 일이 있으면 서로 돕고 살자며, 큰 지진이 나면 뒷집에 우물이 있으니 필요할 때 도움이 될 거라는 말을 간다가와 씨가 하고, 우리는 연락처를 주고받았다. 그리고 지금이 바로 그, 서로 도울 때인 것이다.

"아, 으음."

"정말 최악이야, 시골에다 열쇠를 놔두고 왔지 뭐야, 그걸 집 앞에 와서야 안 거 있지, 진짜 바보가 따로 없어, 그래서 생각나는 대로 죄다 전화를 걸어보는데 다들 집을 비우고 없는 거야, 시골에 내려간 사람, 온천 여행 간 사람, 집에 있어도 시어머니가 와 있다는 사람. 그런데 야마네짱 집이 근처라는 게 기억나더라고. 그냥 잠만 재워줘. 방구석에 짐짝처럼 놓여 있게만 해줘, 진짜 그냥 물건이라고 생각하고."

내리 자는 동안 탁해진 공기가 아직 남아 있는 너저분한 방을 바라보며 나는 대답했다.

"그렇게 하세요. 방이 완전 엉망이지만."

"정말? 가도 돼? 야마네짱, 정말 친절하다, 착하고. 이 은혜, 결코 잊지 않을게. 그럼 지금 출발한다? 역 어느 쪽으로 나가면 돼?"

"아, 개찰구까지 제가 갈게요."

"아냐, 아냐. 이렇게 추운데 나오게 하면 내가 너무 미안하지. 아, 주소 말해주면, 이거 아이폰이니까, 바로 갈 수 있어."

메모는 하기 힘든 상태인 모양이었다. 내가 주소를 말하자 간다가와 씨는 번지수를 몇 번이나 복창하고 나서야 전화를 끊었다. 서둘러 방을 치우다 문득 떠올랐다. 어? 간다가와 씨, 결혼했다고 하지 않았나?

십오 분도 채 지나지 않아 인터폰이 울렸다. 인터폰 화면에, 니트 모자를 눈썹까지 눌러 쓰고 두툼한 다운재킷을 입어 마치 돌돌 말린 이불처럼 보이는 간다가와 씨가 서 있었다.

차가운 바깥 공기와 함께 간다가와 씨가 미안한 기색도 없이 방 안으로 들어왔다.

"괜찮아, 괜찮아. 바닥이 보이잖아. 정리 카운슬러에게 들은 말인데, 자기가 지금까지 가본 집 중에서 제일 최악이었던 집은 머리카락이 쫙 깔려서 방바닥이 보이지 않았던 데래. 그렇게 다 빠지면 분명 대머리가 됐을 텐데, 참 알 수 없는 일이야, 그치?"

제대로 치울 시간이 없었던 나는 고타츠를 침대 쪽으로 밀어 간다가와 씨가 앉을 수 있는 공간을 만들었다. 하나뿐인 방에 침대와 고타츠가 놓여 있어, 마치 이부자리 한 번 개보지 않은 방 같다는 생각이 들었다.

고타츠에서 약간 떨어져 무릎을 꿇고 앉은 간다가와 씨가 말했다. 큰 몸집 때문에 압박감이 느껴졌다.

"시골에 안 내려갔어?"

"감기 걸려서요."

"아아, 정말? 말하지 그랬어."

아까 말했다.

"아뇨, 다 나아서 괜찮아요. 그런데 간다가와 씨, 남편분은……"

"남편은 남편 집에 갔지. 우린 둘 다 형제가 없어서 이럴 땐 각자자기 집에 가. 우리 부모님이 오늘 밤부터 골프 여행 간대서 나 먼저 집에 왔는데, 설마 열쇠를 놔두고 왔으리라곤 상상도 못했지 뭐야. 정말 미안, 갑자기 쳐들어와서. 내일은 잘 데가 있으니까 걱정 마."

간다가와 씨는 그렇게 말하면서 친정에 다녀왔다고는 믿기지 않을 만큼 단출한 배낭을 열어 화장품 파우치를 꺼내고 콘택트렌즈를 뺀 다음 안경을 꼈다.

"실은요, 새해 전날 밤부터 이 맨션 전체에 나 혼자 있는 것 같아서 좀 무서웠어요. 뒤쪽 아파트도 완전 캄캄하고."

"아, 그래?"

간다가와 씨는 벌떡 일어나 커튼 틈으로 창문에 얼굴을 댔다.

"한 군데 불이 켜져 있는데?"

나도 옆으로 다가가 섰다.

"아, 저기요. 베란다에 냉장고랑 발전기 같은 엉뚱한 물건들이 놓여 있질 않나, 파라볼라 안테나가 네 개나 달려 있고, 좀 으스스한 집이에요. 사는 사람 얼굴도 본 적 없고."

거기까지 말하고 나는 재채기를 했다.

"야마네짱, 무리하지 말고 얼른 누워."

"아뇨, 너무 많이 잤더니 잠이 안 와요."

"그럼 이불 속에 들어가 있든가. 앉아만 있어도 체력이 소모되니까."

간다가와 씨는 침대 담요를 들어 올렸다.

"저 이틀 동안 씻질 못해서 목욕할까 하던 중이에요."

"아아, 이런, 내가 방해를 했네. 얼른 목욕해, 천천히 몸 데우고 나와."

"아니, 그 전에 간다가와 씨가 주무실 데를…… 아, 침대에 깐 이 우레탄 매트리스를, 이쪽 양탄자 위에다 깔면 주무실 수 있을 거예요. 그리고 담요가……"

"내가, 내가 할게. 이걸 이쪽으로, 맞지?"

간다가와 씨는 재빠르게 이불과 시트를 걷어 올렸다.

"그럼 저기 텔레비전이랑 쌓여 있는 잡지도 대충 편히 보세요."

"네, 잘 알겠습니다!"

간다가와 씨가 두 주먹을 불끈 쥐고 파이팅 자세를 취하는 걸 보고 꽃집 남자에게서 온 문자가 생각났다. 오늘은 이렇게 될 운세였나 보다.

욕조에 몸을 담그자, 방에서는 소리가 들리지 않았다. 피어오르는 김을 바라보며 야노 마리사와 사에짱을 떠올렸다.

사에짱은, 도쿄에 있는 대학에 진학한 고등학교 동창이 아르바이트하던 곳에서 알게 된 친구였는데, 내가 대학 1학년 여름방학에 도쿄에 놀러 왔을 때, 그 동창에게 갑자기 일이 생겨서 동창 대신 자기 집에 묵게 해주었었다. 좋아하는 영화에 대해 밤늦게까지 이야기를 나누다가 이튿날 정오가 다 되어갈 무렵에야 일어났는데, 사에짱이 씻는 동안 잡지를 들추다가 야노 마리사의 기사를 발견했다. 사춘기 때 출연한 샴푸 광고에서 빼어난 외모로 장안의 화제를 모은 후, 주목받는 젊은 미국 감독의 차기작에 주연으로 발탁되었을 때였는데, 그 영화에 관한 인터뷰였다. 뉴욕 공원에서 찍은 흑백 사진 속 마리사에게서는 기품이 느껴졌다. 왼쪽 페이지에 열여섯 살 마리사의 말이 실려 있었다.

〈난 내가 무엇을 하고 싶은지 분명히 알고 있어. 감독님도 마리사가 화면에 나오면 의지가 뿜어져 나오는 것 같다고 해. 다음 영화 얘기도 했지. 밤새는 줄도 모르고 얘길 나눴어. 감독님은 영화를 한 편 더 찍고 계시는데, 그 영화에 나오는 여배우 얘기를 들으면 속이 상해. 감독님이 나만 찍어줬으면 좋겠어. 좋은 영화로 만들 자신이 있거든.〉

"아, 그거."

욕실에서 나온 사에짱이 타월로 머리를 닦으며 침대에 걸터앉았다.

"그 인터뷰, 봤어?"

"뭐랄까,"

나는 가슴 언저리에 일렁이는 무겁고 차가운 감촉을 확인하듯이 말했다.

"우울해진다고나 할까?"

"그치, 그래 맞아. 나도 왠지 기운이 빠지더라고. 사는 세계가 다르니까 비교해봐야 의미 없지만, 뭐랄까……"

사에짱은 내 손에서 잡지를 집어 들어 두 장의 사진에 실린 마리사의 얼굴을 몇 번이고 바라보았다. 오렌지 냄새가 났다.

"나도 있지, 음, 뭘까 이 느낌. 왠지 모르겠지만, 너무 달라서 충격을 받은 건가?"

"여배우가 되고 싶은 것도 아니고, 이 감독을 그렇게 좋아하는 것도 아닌데……"

"어리고 예쁜 여자애를 질투하는 거라고 할까 봐 말하기 그렇지만, 글쎄 뭐랄까……"

실제로 그 기사뿐 아니라 다른 매체에서의 발언 때문에 마리사는 콧대가 지나치게 높다며 또래 여자애들이나 나이 든 다른 여자들로부터 공격의 대상이 되고 있었다. 잘난 척할 만큼 예쁘지도 않으면서 아저씨들한테 인기 좀 있다고, 열 받아, 뭐 그런 식으로.

"뭘까, 이 기분."

"내가 왜 애 때문에 이런 기분이 되어야 하지?"

그러면서 사에짱은 웃었다.

그런 게 어떤 기분인지, 그때의 나와 사에짱으로서는 딱히 표현할 길이 없었다. 그저 서로가 비슷한 감정을 느꼈다는 것만 알 수 있을 뿐이었다.

나는 머리에 물을 끼얹으면서 그때의 느낌을 되살려보려고 했다. 질투, 분명 그런 건 있었을 것이다. 여자가 자기보다 예쁜 (특히 나이 어린) 여자에게 품는 흔해빠진 시기심. 영화계에 대해 관심이 있었던 만큼, 내가 좋아하는 감독에게 예쁨받는 것에 대해서도. 혹은 그애처럼 되고 싶다는 동경심. 결국 그 두 가지 다 같은 감정이겠지만. 하지만 단지 그뿐만은 아니었을 것이다. 그뿐만이 아니었다, 아마도.

우리는 느끼고 있었다.

우리가 더 이상 열여섯 살이 아니라는 것. 우리가 영화를 찍게 되는 일은 앞으로도 없으리라는 것. 우리는 그애처럼 확신에 차서 행동할 수 없다는 것. 그런 여러 가지 것들을.

흐릿하게만 알고 있었던, 아주 미약하긴 했지만 어쩌면 있을지도 모른다고 생각했던 가능성이 이미 내게서 사라져버렸다는 것을, 마리사는 또렷이 느끼게 했다.

그럴까. 그렇게 결론을 내고 보니 지나치게 정답 같아서 오히려 진실이 아닌 것 같은 기분이 들었다.

야노 마리사와 그 미국인 감독은 다음 작품을 찍지 않았고, 그 감독도 몇 해나 영화를 찍지 않고 있다. 야노 마리사는 한동안 영화와 텔레비전 드라마에 출연하기도 했지만, 웬일인지 히트작이나 좋은 역할을 만나지 못해 점점 존재감이 사라지게 되었다.

그 후 나는 사에짱과도 만나지 못했다. 문자를 주고받기는 했지만, 결혼하고 이사한다는 소식 이후에는 연락이 뚝 끊겼다. 사에짱을 소개해준 친구에게서도 그녀와 연락 없이 지낸다는 말을 들었다.

방문을 열자, 간다가와 씨가 텔레비전 앞에 앉아 영화를 보고 있었다.

룸살롱 난투 장면이었는데, 아가씨들 드레스가 찢기고 큰 가슴과 엉덩이가 화면을 가득 채우고 있었다.

"야마네짱, 취향이 독특하네."

"아, 이거, 아녜요. 지금 그, 기관총 든 여배우, 걔가 보고 싶어서
요."

"기관총 나오고 칼 나오고, 완전 난리도 아니다, 이거. 헉, 목이
날아갔네. 누구야, 이거?"

간다가와 씨는 이마를 찌푸리면서 화면 가까이 얼굴을 댔다.

"야노 마리사예요."

"마리사? 연예인인가? 가물가물하네."

"십 년쯤 전에 광고에도 꽤 많이 나오고……"

설명했지만, 간다가와 씨는 생각나지 않는 것 같았다. 마리사가
출연한 영화들은 비주류 영화였고, 표지를 장식한 잡지 역시 주류
패션잡지라기보다 모드 계통, 문화 계통이 많아서 옛날 주제로 얘
기를 할 때도 이름이 거론되는 법이 거의 없었다.

"한물갔구나."

간다가와 씨는 친척 아주머니 같은 말투로 얘기했다.

"뭐, 그런 셈이죠."

"이제 보니 요놈, 요놈, 요놈, 죄다 그런 배우들뿐이네."

줄무늬 양복과 알로하 셔츠를 입은 전형적인 양아치 스타일의
남자들을, 간다가와 씨는 화면 위에서 찔러 가리켰다.

"재활용이군. 친환경이다, 친환경."

재활용된 남자들은 피투성이가 되어 바닥을 구르고 있었다.

"뭐가 문제였던 걸까요."

내 목소리에 간다가와 씨가 뒤를 돌아보았다. 나는 침대에 앉았다.

"야노 마리사는 정말 예뻤거든요. 아우라나 카리스마, 그런 거? 진부한 표현이긴 하지만 진짜 그런 게 있었는데, 어쩌다 이렇게 됐을까요? 어떤 갈림길이 있어서 그런 것들이 사라지고 마는 걸까요?"

"그게 다, 소속사야, 소속사."

간다가와 씨는 갑자기 목소리를 낮추었다.

"소속사 힘에 달렸거든. 팬이 한 명도 없을 것 같은 인간인데 텔레비전에 계속 나오는 경우도 있잖아. 다, 소속사가 힘이 세고, 그자가 윗선에 잘 보여 그런 거야. 작년에 갑자기 드라마 하차해서 은퇴 상태나 다름없는 애, 있었잖아? 그것도 다 내막이 있다더라고."

간다가와 씨는 비밀 결사대가 숨어 전쟁을 종용하고 있다는 도시 전설을 전하는 사람처럼, 마치 비밀을 죄다 꿰고 있다는 얼굴로 '그때 그 사람'이 되어버린 연예인 다섯 명의 소식을 알려주었다.

"자주 있는 일이지. 최고의 인기를 구가하던 아이돌도 인생 유전이지 뭐. 이혼이네, 빚이네."

간다가와 씨는 그렇게 말하고는, 어느새 자기가 끓인 차를 홀짝홀짝 마시며 한숨을 쉬었다.

"아뇨, 뭐랄까요, 그런 건 아니고요. 저도 잘 설명은 못하겠는데, 이런 모습 보고 싶지 않았다고 할까요?"

보고 싶지 않았다는 말도 아마 사실이 아닐 것이다. 보고도 별 감흥이 없다는 데에 동요하고 있는지도 모른다. 십이 년 전에 우울해졌던 내 마음도, 그리고 사에짱과 지냈던 그 시간조차 의미가 없어지는 것만 같아서.

간다가와 씨는 수상쩍은 눈초리로 나를 올려다보았다.

"팬이었어?"

"아뇨, 좋고 싫고를 따지면 그야 좋아하는 편이었겠지만……"

분명 지금 나는 다시 무언가를 아프도록 느끼고 있다. 기관총을 든 스물여덟 살 야노 마리사의 모습 앞에서 무언가를 아프도록 느끼고 있다. 어쩌면 몇 해가 지나야 알 수 있을지도 모른다, 지금 내 안에서 무슨 일이 일어나고 있는지.

"야마네짱."

나는 화면에서 시선을 돌렸다.

"그 '아뇨'라는 건 말버릇이야? 부정으로 시작하는 건 좋지 않아. 그래도, 하지만, 그런 말도 그래. 나쁜 기운을 끌어들이거든."

간다가와 씨는 웃고 있었다. 남에게 그런 지적을 받은 것은 처음이었다.

'맞아요.'

그렇게 말하려다가 크게 재채기를 했다. 하필이면 이 타이밍에,

부자연스럽게.

"아, 미안! 얼른 자, 얼른. 이불 속에 들어가. 탕파 같은 거 없어?"

"없어요."

"사 올까? 아, 연휴였지, 게다가 밤이고."

간다가와 씨가 허둥대기 시작했기 때문에 마음을 가라앉히려고 나는 일단 침대 위 쿠션에 등을 기대고 다리에 담요를 덮었다. 다시 앉은 간다가와 씨는 "이거 꺼도 되겠지?" 하고 리모컨을 눌러 디브이디를 정지시키고, 텔레비전으로 바꾸었다. 잠시 바쁘게 채널을 돌리다가, 연예인들이 노래방 기계에 맞춰 노래하는 점수 대결 설날 특집으로 낙점. 그리고 화면에 나오는 자막에 맞춰 작은 목소리로 노래하기 시작했다. 이런 프로그램을 보는 사람도 있구나, 그런 생각을 했다.

간다가와 씨의 휴대전화가 울렸다.

"여보세요? 아, 응, 응, 새해 복 많이 받아. 어머님은 어때?"

간다가와 씨는 전화에 응대해 고개를 끄덕이며 나를 향해 입술을 뻐끔뻐끔 움직였다.

(남편)

나도 고개를 끄덕였다. 텔레비전 채널을 바꾸고 싶었지만, 리모컨은 설날 떡처럼 넓적한 간다가와 씨의 허벅지 사이에 놓여 있었다.

"그게 친정에다 열쇠를 놔두고 와서 있지, 진짜. 회사 후배네 집에 와 있어. 우리 집에서 가까워서 다행이야. 야마네라고, 전에 옛날 영화에 대해 잘 아는 친구가 있다고 했잖아. 잠깐만."

간다가와 씨가 내민 전화기를 받아 들었다. 남자 목소리가 들렸다. 간다가와 씨보다 훨씬 나이 들어 보이는 낮은 목소리였다.

"아, 정말 고맙습니다. 간다가와 마사야라고 합니다. 큰 결례를 끼쳐서 정말 죄송합니다."

"아뇨"라고 말을 시작하려다 간다가와 씨를 슬쩍 보았지만, 그녀는 다시 텔레비전으로 시선을 돌리고 있었다. 최근에 자주 텔레비전에 나오는데 정확히 무슨 일을 하는지 알 수 없는 이상한 머리 모양의 남자애가, 익숙하기는 하지만 누구 노래인지 알 수 없는 발라드를 열창하고 있었다.

"저야 덕분에 외롭지 않아서 좋죠."

몇 살쯤 됐을까. 등 뒤로 소란스러운 소리가 들리는 것 같았다. 친척들이 많은 걸까.

"사과하는 뜻에서 선물 사 갈게요."

"아뇨, 아뇨, 그러실 필요 없어요."

"뭘 좋아하세요?"

"으음, 먹는 걸로요…… 저기, 계신 곳이 어딘가요?"

"하와이요."

"네? 하와이?"

간다가와 씨가 텔레비전에 시선을 고정한 채 고개를 끄덕였다.

"오아후 섬입니다."

마사야 씨는 그렇게 말한 다음, 전화기 너머 사람들에게 영어로 좀 조용히 해달라는 내용의 말을 했다.

"죄송합니다, 새해가 되고 한 시간이 지나도록 시끄럽네요."

나는 시계를 보았다. 하와이는 아직 "해피 뉴 이어"한 느낌인 걸까. 도쿄는 이미 새해에 싫증을 내기 시작했다.

"자, 그럼 코나 커피나 마카다미아 너츠 초콜릿으로……"

"알겠습니다. 그럼 에츠코를 잘 부탁드립니다."

먼 곳과 이어졌던 전파의 실이 끊겼다. 간다가와 씨는 고타츠 위에 놓여 있던 연하장들을 하나하나 보고 있었다. 열다섯 장쯤 되었다.

"가족사진이 많네."

결혼했습니다, 가족이 더 늘었습니다, 그런 글들이 적힌 사진 연하장을 보면서 간다가와 씨는 옷 센스나 아이들 이름에 대해 품평회를 했다. 그 외에는 옷가게와 치과에서 온 연하장이었다. 해가 갈수록 새해 첫날에 정확히 도착하는 연하장이 점점 줄어들고 있다.

"서른까지 결혼해서 애를 낳아야지, 생각하는 사람은 연하장도 1월 1일에 도착하게 보내야 한다는 생각을 하지 않을까요?"

"하하하."

간다가와 씨의 건조한 웃음소리와 마찬가지로, 내가 한 말 역시 내용이 없었다.

"야마네짱, 꽃집 남자랑은 무슨 사이야?"

갑자기 날카로운 목소리로 변했기 때문에, 핀잔을 들을 만한 일을 들켰나 싶어 불안해졌다.

"그, 회사 앞에서 일하는 세련된…… 얼굴도 귀엽겠다, 그렇고 그런 분위기야?"

"걘 그냥 친구 후배고 아홉 살이나 어려요. 문자 좀 보실래요? 도저히 적응을 못하겠어요."

색색의 이모티콘이 이리저리 움직이는 새해인사 문자를 간다가와 씨는 가만히 응시했다.

"아, 영 아니네, 이건."

"너무 특이하죠."

"그냥 말끝만 이상한 수준이 아니라, 이건 혼잣말이잖아. 혼잣말하는 사람은 여친이 필요 없을 것 같은데?"

"내 말이요."

나는 이 년 전에 헤어진 남자친구를 떠올렸다. 하기야, 나도 남말 할 처지는 아니지.

건조한 난방기 바람이, 최소한의 장식이라도 할 요량으로 책장위에 올려둔 죽절초 잎을 흔들고 있었다. 이 방 안에 새해다운 것은 그것뿐이었다.* 간다가와 씨는 드디어 채널을 바꾸고 뉴스를 보

---

* 죽절초에 복이 들어온다는 믿음이 있어 1월에 많이 장식한다.

게 해주었다. 일기예보 화면에 나란히 보이는 눈사람들이, 떨어지는 눈을 눈으로 좇고 있었다. 내일은 일요일.

"간다가와 씨는 왜 결혼했어요?"

리모컨을 쥔 채로 간다가와 씨는 고개를 갸우뚱했다.

"결혼해달래서."

방금 들었던 낮은 목소리를 떠올린다. 하와이는 더울까? 해피 뉴 이어! 하고 외친 다음 바다로 뛰어들거나 그러는 걸까?

"이유는 물어보셨어요?"

"무서워서 못 물어보지."

"흠."

방 안에서 나 말고 다른 무언가가 움직이는 건 신선한 일이다. 내가 하려 들지 않는 일들을 하고 내가 만지지 않은 물건이 움직인다.

어깨가 서늘해져 이불 속으로 들어갔다. 간다가와 씨는 텔레비전 볼륨을 낮췄다.

"불 끌까?"

"아, 괜찮아요. 전 아무리 밝고 시끄러워도 잘 자거든요."

"부럽다."

간다가와 씨는 그렇게 말하고는 자기 배낭에서 감귤 세 개를 꺼내 먹기 시작했다.

蛙王子とハリウッド

개구리 왕자와 할리우드

그늘 덕분에 거기만 겨우 더위를 피한 콘크리트 계단을 올라가 보니 전체가 유리로 된 벽과 문이 있었고, 유리 너머로 밝은 색상의 큰 책들이 진열된 스틸 책장이 보였다. 'BOOK STORE'라고 붉게 오려낸 글자가 붙은 문의 손잡이 옆에, 연한 형광색 메모지가 나풀대고 있었다.

요조는 거기 적힌 둥근 알파벳과 울고 있는 둥근 얼굴 그림을 가만히 바라보다가 메모지를 떼어내고는 반대쪽 손으로 열쇠를 돌렸다.

요조 뒤를 따라 가게에 한 발 들어서자 갇혀 있던 열기가 훅 끼쳐와 다시 땀이 났다. 도로를 향한 벽은 허리 높이에서부터 위쪽으로는 통유리로 되어 있어서 건너편 맨션의 하얀 벽이 한여름 햇빛에 반사되어 눈이 부셨다. 거기로부터 시선을 옮기자 가게 안은 어두침침해져, 아무도 없는 계산대에 컴퓨터 모니터가 놓여 있는 모습이 실루엣만 보였다.

"아아, 찐다 쪄."

요조는 들어오자마자 오른쪽에 있는, 벽과 같은 색인 연분홍색 문을 열어 스위치를 몇 개 켰다. 등을 맞붙인 책장이 늘어선 공간을 형광등이 차례로 비추고, 천장에 설치된 에어컨이 부웅 하고 낮은 소리를 내기 시작했다. 7월 말의 햇빛 속, 게다가 태양이 가장 높은 시간대에 자전거를 타고 온 탓에 요조의 땀에 젖은 노란 티셔츠 등에는 얼룩 모양이 생겼고 나 역시 머리카락이 축축하게 달라붙어 더욱 덥게 느껴졌다.

"아아, 누가 보리차 마셨어, 정말."

요조는 비품실처럼 보이는 길고 좁다란 공간 바로 안쪽에 놓인 냉장고에 얼굴을 처박고, 내 존재 따위는 전혀 신경이 쓰이지 않는 듯 투덜거렸다. 캐비닛 위에 종이 상자가 쌓여 있는 그 좁은 방은 벽지도 바르지 않아 가게 안에 비해 어수선해 보였다.

나는 유리벽을 등진 계산대를 따라 제일 안쪽까지 들어간 다음 가게 안을 둘러보았다. 학교 교실만 한 정사각형 공간은 벽과 천장 모두 연분홍색이어선지 아이 방 같았다. 맞댄 책장이 네 줄, 그리고 또 다른 책장들이 벽을 따라 전체를 에워싸고 있었다. 서점에 흔한 나무 책장이 아니라 친구들 자취방에 곧잘 있는 은색 폴로

된 조립식이었고, 다른 서점들처럼 책이 꽉 들어찬 게 아니라 책장에 따라서는 반쯤 비어 있는 곳도 있어서 책과 책장 틈새로 건너편이 훤히 보였다. 안쪽 벽에 붙은 책장에는 여행 가이드북이 꽂혀 있었고 'JAPAN'이라는 제목의 사전만 한 책을 꺼내 보니 표지가 후지산과 마이코* 사진이었다. 외국인들을 위한 책엔 반드시 등장하는 조합이긴 하지만, 마이코가 있는 곳에서는 후지산이 보이지 않을 텐데 하는 생각이 들었다.

"적당히 찾아서 앉아."

비품실에서 여전히 뭔가 뒤적거리고 있는 요조의 목소리가 들려왔다.

"으응."

나는 천장 가까이까지 있는 양쪽 책장을 둘러보며 가게 안을 한 바퀴 돌았다. 국내 책과 외국 책이 반반씩이었다. 안쪽에는 글자가 빼곡한 책들이 있었고, 가게에 들어서면 바로 보이는 책장에는 사진집이나 요리책, 그림책, 큰 책 들의 아름다운 표지가 장식되어 있었다. 계산대 앞에 있는 낮은 테이블에는 그림책과 거기에 나오는 캐릭터 인형들이 놓여 있었다.

"거기, 의자 있어."

입구 쪽까지 돌아오자 마침 요조가 비품실에서 나왔다. 요조는

---

* 교토의 게이샤 견습생을 칭한다.

내게 가게 설명은 해주지 않고 계산대 안쪽으로 성큼성큼 들어가 컴퓨터 전원을 켰다. 계산대 아래 있는 시디플레이어라도 켰는지, 귀에 익숙한 클래식 음악이 흘러나오기 시작했다. 나는 쭈뼛거리며 계산대를 돌아 안쪽으로 들어갔다. 요조는 선 채로 컴퓨터를 만지작거리고 있었다. 성질이 급한 편인지 뚱한 얼굴로 마우스를 만지며 따각따각 소리를 냈다. 그 바로 옆에 있는 매시 패턴의 고급스러운 검은색 의자를 지나 접이식 스툴에 앉으려는데, "거기 앉아" 하고, 요조가 뒤도 돌아보지 않고 고급스러운 의자를 내 쪽으로 밀며 말했다. 고마워, 하고 말했지만 요조는 아무 대답도 하지 않았고 나는 묵묵히 의자에 앉았다. 튕겨 올라오는 탄력 덕분에 놀랄 만큼 편안해 나는 의자 깊숙이 기대어 앉았다. 고개를 돌려 창문 저편을 바라보니 가게 앞 언덕길 끝에는 저층 맨션과 단독 주택이 늘어서 있고, 그 너머로 깊은 녹색의 록코산이 보였다. 산 위에는 눈이 시릴 만큼 푸른 하늘이 펼쳐져 있었다.

어제는 금요일이었고 회사가 끝나자마자 한큐 전철*을 탄 후, 친구들이 기획한 올나이트 이벤트를 위해 산노미야 고가 아래 클럽에 갔다. 두 살 터울 여동생이 올봄부터 남자친구와 고베에서 사는데 두 사람 모두 이벤트에 놀러 와 새벽 세 시 무렵 함께 택시를 타고 여동생 집에서 하룻밤 묵었다. 그때, 여동생 남자친구의 친구

---

* 오사카·교토·고베를 잇는 전철.

라는 요조도 따라왔다. 농학부 4학년이라고 했다. 취직 자리도 이미 정해졌다고 들었다.

요조는 여동생 남자친구에게 빌린, 작년 후지 록페스티벌 티셔츠를 입고 있었다. 노란색 등에 출연자 리스트가 빽빽이 쓰여 있어서 순서대로 훑어 내리는데,

"아까 그 메모."

가만히 바라보고 있던 티셔츠의 밴드 이름이, 목소리와 동시에 갑자기 움직여 좀 놀랐다. 뒤돌아본 요조는 스툴을 가까이 잡아당겨 앉았다.

"토요일이면 꼭 오는 캐나다 사람이 있는데, 주인에게 알바생을 자르래."

요조는 들어올 때 문에 붙어 있던 메모를 보여주었다. 영어는 잘 모르지만, 영업시간이 되도록 가게 문이 닫혀 있는 데 대해 항의하는 내용이었다. 열한 시가 오픈인데 지금은 열두 시가 훨씬 넘은 시간이었다. 요조는 내 손에서 메모를 뺏더니 꾸깃꾸깃 말아 휴지통에 던졌다.

오늘 아침, 여동생도 본가에 내려갈 건데 저녁까지 내가 어디서 시간을 때우다 같이 갈지, 아니면 내가 먼저 내려갈지 얘기하며 뭉그적거리고 있는데, 열한 시 전에야 겨우 눈뜨고 나온 요조가 알바를 간다고 했다. 요조가 일하는 이 서점을 알고 있는 여동생이 외국 만화책들도 있고 가 보면 재미있을 거라고 했다.

"같이 갈래요?"

잠이 덜 깬 요조가 귀찮은 듯 물었다. 그러고는 서두르는 기색이라곤 없이 말했다.

"완전 지각이네."

줄무늬 여름 니트를 입은 자그마한 체구의 아주머니가 영국식 정원 사진집을 계산대로 갖고 왔다. 요조는 거의 기계적으로 컴퓨터에 연결된 바코드 리더기를 책 뒤에 비추고는 키보드를 두드렸다. 금전출납부 없이 컴퓨터로 관리하는 모양이었다. 가로가 삼십 센티미터 정도로 긴 그 책은 오천팔백 엔이었다.

"선물인데 포장해줄 수 있나요?"

차분한 태도로 만 엔짜리를 트레이에 올려놓으며 아주머니가 말하자 요조는 계산대에 놓여 있는 견본을 보이며 리본 색깔을 물었다. 얼굴 가득 미소를 지은 것은 아니었지만 점원으로서 서비스 정신이 느껴지는 따스한 어투로 묻고는 알파벳 무늬 포장지로 능숙하게 책을 싸는 요조를, 나는 어깨너머로 감탄하며 바라보고 있었다. 가게를 열자마자 세 사람이 차례로 들어왔지만 책을 산 사람은 이 손님이 처음이었다. 주택가이고 역 앞도 아니고 양서와 화집이 주종인 서점이 과연 장사가 될까 싶었지만, 근처엔 대학이 모여 있고 이 주변엔 저택도 많아 이분 같은 손님이 의외로 많을지도 모른다. 로에베 가방에 지갑을 집어 넣은 아주머니가 나를 보고 살짝 웃었기 때문에 나도 덩달아 웃어 보였다. 손님 입장에서는 나도 알바생처럼 보일 듯했지만, 딱히 할 일이 없어, 가능한 눈에 띄지 않게 의자 끄트머리에 걸터앉아 움직이지 않고 있었다.

"오래 기다리셨습니다."

요조는 리본을 묶은 책을 종이 가방에 넣고 아주머니에게 건네주었다. 요조가 고맙습니다, 하고 고개를 숙이는 모습을 보고 뒤늦게 나도 살짝 고개를 숙였다.

문이 닫히는 것까지 보고 나서 요조가 뒤를 돌아 말했다.

"손님 상대, 잘 못하는 편이지?"

"아니, 그게……"

나는 알바생도 아니고, 라고 변명을 하려다 하지 못했다. 그런 내 당혹스러움에는 아랑곳없이 요조는 말했다.

"마실 것 좀 사다 줄래요? 신호등 건너서 쭉 가면 편의점 있어."

요조는 주머니를 뒤져 천 엔짜리를 내밀었다. 주머니에 넣은 채 빨았나 싶을 만큼 꾸깃꾸깃한 지폐였다.

"뭐 사 올까?"

"아무거나. 그냥 평범한 걸로. 그쪽 것도."

문을 열자 학생으로 보이는 남자가 계단을 올라오고 있었다. 검은 뿔테 안경에 배를 모티프로 한 자잘한 무늬의 빈티지 반팔 셔츠를 입고 있어서 보나마나 미대생 타입이라고 넘겨짚었지만, 어쩌면 내 선입견일지도 모른다. 계단참에서 마주칠 때 인도네시아

담배 냄새가 났다. 계단을 다 내려갔을 때, 문에 달린 센서가 울리면서 동시에 그 남자가 "어, 오랜만" 하는 목소리가 들렸다.

편의점에선 무슨 캠페인이 한창이어서 계산대에서 삼각형 추첨 종이를 뽑았더니 페트병에 든 음료가 당첨되었다. 당첨될 줄 알았으면 하나만 샀을 텐데. 남자아이 하나가 주간지 수영복 사진을 몰래 훔쳐보려는 듯 서 있었다. 초등학생처럼 보이는 그 아이를 곁눈질하며 밖으로 나서자 한여름 낮의 열기가 한꺼번에 밀려왔다. 서점까지 겨우 이백 미터 정도인데 벌써 질리는 기분이었다.

더위 탓인지 앞에 보이는 버스 차로까지 이어진 좁은 길을 걷는 사람은 아무도 없었다. 록코산 기슭에 해당하는 주택가에는 간간이 숲이 남아 있어서, 여동생 집에서 자전거와 도보로 이십 분이 채 걸리지 않는 곳인데도 아주 낯선 먼 곳에 와 있는 기분이었다. 숲에선지, 오래되어 보이는 저택 정원에선지, 아니면 언덕 위로 바짝 다가온 산에서인지, 흙과 식물 냄새가 흘러나와 떠다니고 있었다. 그것 역시 어릴 때 매해 다니던 산골 마을 친할머니 댁 주변을 연상시켜, 마치 여행을 온 듯한 착각을 불러일으켰다.

곧바로 뻗은 언덕길 너머 저 멀리, 바다가 있다. 해수면은 잘 보이지 않지만, 하늘 낮은 곳이 하얗게 빛나 눈이 부시다. 집집마다 에어컨을 켜고 문을 꽁꽁 닫았는지, 사람 사는 소리가 들리지 않았다. 길옆 하수구 끝에는 이끼가 말라붙어 있었다. 버스 차로 모퉁이까지 겨우 나와 거기 있는 3층짜리 맨션을 올려다보자, 베란다에 작고 붉은 꽃이 달린 화분이 얼굴을 내밀고 있었다. 횡단보도 저편에는 산악자전거를 탄 열 살쯤 되어 보이는 한 무리의 아이들이 신호등이 바뀌길 기다리고 있었는데, 그러고 보니 지금은 여름방학이고, 그 탓에 여행 기분을 느꼈는지도 모르겠다는 생각이 들었다.

몇 해 전부터 내겐 여름방학이 없다. 취직하고 나서 제일 처음 실망한 점은 봄방학이 없다는 것과 여름휴가가 5월 연휴보다 짧다는 것이었다. 그 길었던 여름방학이 앞으로 영영 오지 않을 것을 알게 된 후, 갑자기 내 어린 시절이랄지 청춘 시절이랄지, 아무튼 그때까지의 시간이 싹둑 잘려 멀어져버린 느낌이었다.

실제로 회사 생활이 시작되고 보니 기분 자체는 그다지 달라진 게 없었지만.

시영 버스가 눈앞을 천천히 지나가서 올려다보니 1인용 좌석에 앉은 젊은 여자가 내 쪽을 내려다보고 있었다. 그 여자와 눈이 마주치자, 그녀가 보는 내가 영상처럼 머리에 떠올랐다. 버스를 타고 있을 땐 길을 걷는 사람들이 보는 나를 상상하곤 한다. 버스가 지나간 저편에 내가 십오 분 전까지 있었던 서점 창문 안쪽으로 요조의 노란 등이 보였다.

배 무늬 셔츠를 입은 남자애와 친한 것 같아 아직 있을 줄 알았는데 없고, 가게 안에는 삼십 대로 보이는 키 큰 여자가 페이퍼북 코너 앞에서 이 책 저 책 꺼내 보며 열심히 책장을 넘기고 있었다.

편의점에서 사 온 음료수를 꺼내자 요조는 손님을 배려한 듯 작은 목소리로 말했다.

"왜 그냥 평범한 건 없는 거야?"

"응? 이게 어때서?"

좀 전의 그 고급 의자에 엉거주춤 다시 앉으려던 나는 일어서서 페트병을 확인했다. 검은콩 차, 달단종 메밀차, 공짜로 받은 건 얼룩조릿대와 영지를 블렌딩한 신제품이었다.

"평범한 거란 말이죠, 녹차나 우롱차 같은 거 아니겠어요?"

요조가 네 살 위인 나에게 때때로 내뱉는 높임말에서는 이상하게도 위압감이 풍겨, 요조가 오히려 나이가 많은 것처럼 느껴진다.

"미안, 그럼 다시 갔다 올게. 녹차로 사 올까?"

"됐어요, 검은콩 차로 줘요."

요조는 검은콩이 그려진 페트병을 꺼내 한꺼번에 반 정도 마셨다. 검은콩 차는 내 걸로 산 건데, 이런 생각을 하며 공짜로 받은 신제품을 마셔보니 최근 마셔본 음료 중에서 제일 맛있었다.

요조가 작게 아, 하고 소리를 내기에 뒤를 돌아보니 새치가 섞인 머리를 7대 3으로 꼭꼭 가르고 흰색 차이니스 칼라 셔츠를 입은 아저씨가 목 주위의 땀을 닦으며 들어왔다.

"안녕. 아, 그때 그 책 어땠나? 재미있었지?"

마른 몸에 광대뼈가 나온 오십 대쯤으로 보이는 아저씨는 요조를 향해 똑바로 걸어와 계산대에 팔꿈치를 대고 몸을 앞으로 쑥 내밀며 말했다.

"그거 말이지, 이번에 속편도 나올 거야. 물론 내가 번역하기로 했고. 미국에서는 꽤 주목을 받는 작품이야. 일본에선 많이 팔리지 않겠지만서도."

아아, 그렇군요, 요조는 맞장구를 친다. 적당히 흘려듣는 느낌이 아니라 제대로 듣고 있는 것 같은데, 요조가 정말로 잘 듣고 있기 때문인지, 아니면 그렇게 느끼게 하는 능란한 맞장구 때문인지는 알 수 없다.

대충 얘기를 끝내고 만족한 아저씨가 그제야 내 존재를 알아챘는지 나를 바라보았다.

"새로 온 알바생?"

아뇨, 하고 말을 꺼내려는데 요조가 대뜸 대답했다.

"네, 맞아요."

아저씨는 관찰하듯이 나를 바라보았다.

"그래? 어느 대학? 무슨 과?"

"아, 그게, 이미 졸업했어요."

"프리터라는 그거구나. 아, 요즘은 니트족이라고 하나?"

나는 뭐라 대답해야 할지 말문이 막혀서 비스듬한 각도로 요조의 등을 쳐다보았지만, 아저씨는 내 반응엔 아랑곳없이 검은 나일

론 배낭에서 연한 복숭아색 표지의 책을 꺼냈다. 세로로 긴 책이었다.

"이런 책 좋아하나? 난 가이바라라고 하는데, 이거 번역했어. 여기 봐, 여기."

가이바라 씨가 가리키는 손끝에 정말로 그 이름이 박혀 있었다. 그리고 꽃다발이 그려진 표지에는 '당신을 행복하게 해줄 꽃점 속편'이라고 쓰여 있었다.

"별자리 운세와 꽃말을 조합한 거지. 사실 점 같은 건 전혀 흥미가 없지만, 이런 걸 좋아하는 사람들도 일정 수 존재하거든. 미국이나, 여기 일본이나."

페이지를 넘기자 하루하루 교훈이 될 만한 말들이 적혀 있다. 뭐라 해야 할지 알 수 없어서 요조 쪽을 쳐다봤더니, 요조가 이번에는 나를 보며 살짝 웃었다.

책에 대한 설명을 대충 끝내고 가이바라 씨는 요조에게 주문했던 책에 대해 물었다. 화제 전환이 급작스러워 나는 왠지 길바닥에 버려진 기분이 들었다.

"그건 좀 아니다. 그런 건 집에 있어. 그리고 이런 거, 알겠나?"

갖고 온 메모를 요조에게 보이자 요조는 컴퓨터로 검색을 시작했다. 밖을 보니 서점에 처음 도착했을 때까지만 해도 햇빛이 강하게 비추던 저편 맨션 1층에 그늘이 져 있었다. 그 네모난 그늘 끝자락을 눈으로 더듬다 보니 문득, 내가 지금 있는 이 건물의 그림자라는 사실을 깨달았다. 산 위로 희고 밀도 높은 구름이 얼굴을 내밀기 시작했다.

"그럼 또 오지. 잘 부탁해. 아, 그리고 그쪽은 이름이 뭐야?"

가이바라 씨가 얇고 또렷하게 쌍꺼풀진 눈으로 나를 가만히 바라보며 물었다.

"히구치라고 합니다."

"히구치. 기억해두지. 그럼 잘 부탁해."

검은 배낭을 어깨에 다시 걸치고 가이바라 씨는 총총걸음으로 가게를 나갔다.

"저 사람, 좋은 사람이야."

요조가 컴퓨터를 만지며 말한다.

"아, 번역가야?"

"몰라."

요조는 꼼짝 않고 컴퓨터로 뭔가 작업을 시작했다. 나는 할 일이 없어 가게 안을 둘러보았다. 여동생은 외국 만화책이 있다고 했지만, 더는 팔지 않는 모양이었다. 가게 한가운데 있는 책장에는 대형 사진집들이 나란히 꽂혀 있었다. 나는 통로에 쭈그리고 앉아 그 중에서도 특히 큰 세바스치앙 살가두의 사진집을 꺼내어 페이지를 넘겼다. 몇 년 전부터 갖고 싶다는 생각을 했지만, 너무 비쌌고 또 너무 크다.

"히구치 씨는,"

얼굴을 들자 요조가 내 쪽을 바라보고 있었다.

"일을 한다면서요? 무슨 일?"

"그냥 회사 영업 관련 사무."

"그건 어떤 일인데?"

"주문서 작성하고 주문 관리하고, 그런 거지 뭐."

"그게 다?"

"회의 자료도 만들고 영업 사원 출장 땐 그거 준비하고, 손님 오시면 차도 내지."

"흠."

요조는 자기가 물어놓고서는 흥미 없다는 듯이 대답하고, 그러면서도 나를 가만히 바라보았다.

나는 사진집을 덮고, 조금 힘을 써서 그 크고 무거운 책을 겨우 원래 자리로 되돌려놓은 후 자리에서 일어섰다. 그런 다음 계산대 앞쪽, 그림책들을 가지런히 진열한 테이블 가운데 앉혀둔 개구리 인형을 집어 들었다.

"요조는 취직 자리가 정해졌다면서? 무슨 일이야?"

개구리는 파일 직물이어서 무게감이 전혀 느껴지지 않고 부드러웠다. 일본 캐릭터 인형에 비하면 귀엽다고는 할 수 없는 납작한 얼굴에, 머리에는 노란색 작은 왕관 비슷한 게 붙어 있다.

"씨앗 집."

"씨앗이라면, 식물 씨앗을 말하는 거야?"

"응. 씨앗 개발하는 데."

"바이오테크놀로지인가 하는 그거? 그럼 취직 자리도 정해졌겠다, 여름방학엔 푹 놀 수 있겠네."

"그럼 얼마나 좋겠어. 하지만 매일 농장 가야 되고 다음 주부터는 시코쿠에 있는 시험 농장에서 연구회가 있고. 뭐 말이 연구회지, 그래 봤자 농사일이지만."

"그렇군. 바쁘구나."

"무엇보다 엄청 덥지."

아마도 지금까지 몇 차례 일했던 농장을 떠올리는지, 요조는 정말 넌더리가 난다는 표정을 지었다. 나는 개구리 왕자 인형을 원래 있던 곳에 놓고 방금 전까지 요조가 앉아 있던 계산대 스툴에 앉았다. 요조는 무슨 말인가 하려는 듯한 얼굴로 바라보다가 이번에는 컴퓨터로 메일을 확인하기 시작했다. 문에 붙은 센서의 멜로디가 울려 퍼지며, 그야말로 여름에 어울리는, 아시아 잡화점에서 사 맞춰 입은 듯 보이는 커플룩 차림의 남녀가 들어왔다. 책장 사이를 천천히 오가며 동료 알바생에 대한 험담을 늘어놓는 목소리가 조용한 가게 안에 울려 퍼진다.

나는 방금까지와는 반대 방향으로 비스듬히 요조를 관찰했다. 어젯밤 클럽 입구에서 처음 봤을 때부터 요조에게 신경이 쓰였기 때문에 여기까지 쫓아왔다. 클럽에서는 밤새 요조 여자친구와도 같이 있었는데 미인에게만 어울리는 짧은 커트머리의 그애가 무척 귀엽다는 생각을 했다. 나 역시 남자친구와 지난주에 다투긴 했어도 그에게 불만이 있거나 다른 사람과 사귀어보고 싶다거나 그런 생각은 없었다. 그냥 단순히 요조에게 흥미를 느꼈다. 얼굴 때문인지, 별로 붙임성 없는 태도 때문인지, 아니면 '요조'라는 좀 특이한 이름의 울림 때문인지, 어쩌면 그 모든 게 복합적으로 작용해서이겠지만.

메일 확인을 마친 요조는 남은 검은콩 차를 벌컥벌컥 마셨다. 손톱이 지나치게 짧다는 생각을 했다.

아시아풍 옷차림을 한 커플은 계속해서 샌들을 딸까닥 딸까닥 끌고 다니며, 책장을 사이에 두고도 신경 쓰지 않고 말을 이었다.

"이거 좀 봐. 버섯 사진집이래. 짱 귀엽지?"

"야, 나 브라질 가고 싶다."

잠시 후 서점 분위기에 어울리지 않는 전자음이 울리더니, 스킨헤드에 대나무 조리를 신은 키 큰 남자애가 들어와서는 그 커플에게, 기다렸어? 하고 말했다.

서점 주인이라는 여자는 아직 마흔이라는데 그보다 더 나이가 들어 보였다. 뚱뚱한 인상을 풍길 정도는 아니었지만 전체적으로 통통했고 흰 피부가 만질만질했다. 반면 시선은 묘하게 날카로운 게 아무튼 지금까지 만나보지 못한 타입이었다. 서점은 마침 손님이 끊긴 상태였고 묘한 정적이 흐르고 있었다.

"그러니까, 나중에 짐이 도착할 거야. 대충 정리해서 꽂아줄래? 기무라 군한텐 믿고 맡길 수 있으니까."

성이 기무라구나, 그런 생각을 하며 또박또박 대답하는 요조를 바라보았다. 십 분 전쯤, 전화를 받은 요조가 이제 곧 서점 주인이 올 거라고 했다. 여기 앉아 있어도 되는 걸까 주저하는 나에게 요조가 신경 쓰지 않아도 된다고 했던 말 그대로, 주인은 고급 의자에 오도카니 앉아 있는 나에게 요조의 친구냐고 묻지도 않고 안녕, 덥지? 라고만 했다. 그러곤 마치 친구처럼 계산대 앞을 왔다 갔다 했다. 나는 새것 같아 보이는 그녀의 하얀 블라우스와 파란 롱스커트를, 저것들도 다 비싼 옷이겠지 생각하며 바라보고 있었다.

주인이 올 때까지 요조에게서, 주인은 부동산 개발업자 부인이고 그녀 역시 주식인지 외환인지로 번 돈으로 취미 삼아 이 서점을 운영한다는 말을 들었다. 남편은 경주마도 있을 만큼 부자고, 그 부모님 역시 시골에 살고는 있어도 역에서 일 킬로미터 떨어진 집까지 자기 땅만 밟고도 갈 수 있는 사람들이라고 했다. 이 서점 건물은 4층짜리인데 위쪽은 맨션이고 자기 회사 건물이라, 손님이 없어도 책이 팔리지 않아도 상관없다는 말도 했다. 벼락부자들은 문화적인 것에 콤플렉스를 느끼는 법이니까. 요조가 거기까지 말했을 때 건물 앞에 멈춰 선 하늘색 차가 내려다보였다. 미니밴이었지만 흔히 보이는 일본 차와는 다른 사각형이었다. 벤츠나 BMW, 포르셰 같은 내가 아는 그런 대중적인 차가 아니었다. 처음 보는 마크가 붙어 있었다.

"애, 쇼핑이나 놀러는 어디 가니? 역시 산노미야인가?"

갑자기 질문을 받고 조금 당황했다. 주인의 목에 둘린 스카프에
는 말 그림이 그려져 있었다. 고급 주택지에 사는 사람들은 간사이
지방 사투리를 쓰지 않는다고 전에 친구가 했던 말을 떠올린다.

"전 오사카에 살아서……"

"아, 그래? 고베까지는 안 가? 너 같은 느낌의 애가 일해주면 좋
겠다 싶어서 말야. 새 가게에서."

"가게 차리세요?"

"응. 아직 장소는 미정이고 어떤 형태로 만들지도 구체적으로는
생각해보지 않았지만."

"북카페는 어떻게 됐어요?"

어이없다는 듯이 웃으며 요조가 물었다. 변덕을 지적받은 아이
처럼 주인은 약간 뾰로통하게 답했다.

"어머, 그게 아직도 일 순위지. 여기 책도 쓸 수 있고 말이야."

"전에도 그렇게 말해놓고 결국 바를 차렸잖아요. 그것도 반년 만
에 문 닫아놓고."

나이 든 사람을 아주 잘 다루나 보다, 요조는. 감탄 반 부러움 반
으로 나는 두 사람이 대화하는 모습을 바라보고 있었다.

"맡긴 사람이 문제였어. 남편 동창생이었는데."

주인은 부끄러운 듯한 포즈로 머리를 매만져 다시 묶고, 한가운

데 책장을 지나 끄트머리 책장 위쪽을 살피기 시작했다.

"기무라 군, 여기쯤에 커피 역사에 관한 책 있지 않았나? 녹색 표지."

"그건 저편 책장으로 옮겼어요."

요조는 계산대에서 나와 주인이 찾는 책을 찾아주러 갔다. 그 후 주인은 총 네 권의 책을 들고 와 안쪽으로 들어가지는 않고 계산대를 몸으로 덮듯 엎드려 컴퓨터를 만졌다. 그리고 요조에게 다음 주 일정을 물으며 종이 가방에 책을 적당히 넣고 서점을 나갔다.

창문에서 아래를 내려다보자 서점 주인이 생각보다 재빠른 움직임으로 하늘색 차에 올라타는 모습이 보였다. 왕복 사 차선 도로는 지나가는 차가 적은 데다 태양이 빠짐없이 내리쬐고 있어서 더욱 무더워 보였다.

"저 차, 비싸 보인다."

"저 차? 저건 흔한 국산 차 가격에 약간만 더 얹어주면 사."

의자에 앉은 채 돌아보니 요조 역시 창밖을 바라보고 있었다. 나는 부끄러운 마음을 감추려고 재빠르게 말했다.

"그래? 차에 대해 잘 모르니까 봐도 구분이 안 가."

"뭐, 저거 말고 차가 세 대 더 있기는 한가 보더라고."

요조는 가게 쪽으로 몸을 돌리고 잠시 책장 쪽을 바라보며 멍하니 서 있었다. 그리고 말했다.

"이 가게, 이번 달 말에 문 닫아."

"정말? 아쉽다."

요조는 조금도 아쉬워하는 것 같지 않았다. 어느새 뚜껑을 딴 달단종 메밀차를 한 모금 마신 다음 요조가 말을 이었다.

"다들 인터넷으로 사잖아."

"가게는 취미로 하는 거라면서."

달단종 메밀차 페트병에 방금 전까지 물방울이 가득 맺혔었는데 이젠 그것조차 없는 걸 보니 상당히 미지근해진 모양이다.

"아마 심심해진 거겠지. 그러니 북카페니 뭐니 하는 거고."

주인과 얘기할 때와는 어투가 달라져 있었다. 회사 생활도 잘하겠군, 왠지 그런 생각이 들었다. 일단 손님이 끊긴 뒤로는 더 이상 서점에 아무도 나타나지 않았다. 아무리 취미라지만 역시 계속 운영하는 건 어렵겠다 싶었다.

가게에 처음 왔을 때에 비해 해가 많이 기울어 있었다. 직사광선이 닿지 않는 이 가게 안도, 조금은 빛깔이 달라진 것 같았다. 책장에 나란히 꽂힌 크기가 다른 많은 책들은 내가 거의 읽지 못하는 글자들로 가득 차 있었다.

"몇 권 갖고 가도 돼."

요조가 갑자기 말했다. 그는 스툴에 앉아 계산대에 팔꿈치를 괸채로 나를 바라보고 있었다.

"재고 관리도 대충 하고 어차피 처분할 책들이니까."

"아무거나?"

기뻐하는 내 얼굴을 보고 요조는 일부러 훈계하듯 말했다.

"살가두 책은 안 돼. 예약된 거니까."

이것으로 몇 번째인지 알 수 없었지만 나는 다시 서점 안을 둘러보았다. 듬성듬성 빈 책장 사이를 천천히 걸으며 독서광도 아니면서 이런 방에 살아보고 싶다는 생각을 했다. 제목만 아는 페이퍼백을 골라봐야 제대로 읽을 수 없을 테니, 사진집으로 해야겠다고 마음먹고 책장 앞에 쭈그리고 앉아 이것저것 살폈다. 하지만 별로 갖고 싶은 책이 없었다.

"완전 진부한 걸로 골랐네."

내가 계산대에 올려놓은 것은 『할리우드의 얼굴들』이었다. 조지 클루니의 얼굴이 크게 박힌 표지를 요조는 빤히 쳐다보았다. 나는 요조를 향해 페이지를 들춰 보였다.

"이런 거 꽤 좋아하거든. 이 표정 어때, 괜찮지?"

나는 니콜 키드먼이 뒤돌아 웃는 사진이 제일 마음에 들었다.

"그런가요?"

요조는 납득이 가지 않는다는 표정으로 나를 바라보며 종이 가방을 펼쳤다. 문이 열리며 여동생이 들어왔다.

널찍한 주택들 사이로 언덕 길을 내려가자니, 저 아래 학교 건물이 보였다. 나는 여동생 나미가 끼익끼익 브레이크 쥐는 소리를 내며 운전하는 자전거 뒤에 탄 채, 언덕 아래 주택가와 그 너머 아름다운 바다의 빛을 바라보았다. 저녁 시간이 다 되었어도 목덜미에 닿는 햇빛이 여전히 따끔거릴 만큼 더웠지만, 자전거에 속도가 붙으니 스쳐가는 바람이 상쾌했다.

"한큐 전철 타고 갈 거야? 아니면 JR?"

나미의 목소리는 바람에 나풀거려 잘 들리지 않았다. 뒤에 탄 내 목소리는 더욱 들리지 않을 것 같아 커다란 목소리로 대답했다.

"한큐 백화점 들렀다 갈 거니까, 한큐로."

"뭐 살 건데?"

"롤케이크."

어젯밤부터 무척 오랜 시간이 지난 것처럼 느껴져 이제 주말이 끝났나 싶었지만, 내일은 일요일이니까 왠지 시간을 번 느낌이 들어 기뻤다.

긴 목재를 겹겹이 실은 흰 소형 트럭이 언덕을 올라오고 있었다. 선물로 받은 사진집이 든 종이 가방이 자전거 앞 바구니에서 가끔씩 튀어올랐다. 결국 나는 그 납작한 개구리가 나오는 그림책과 온갖 의자가 가득 실린 아트북까지 받았고, 나미도 동남아 요리책을 받았다. 개구리 왕자 인형도 갖고 싶었지만 그 말은 꺼내지 않았다. 요조는 가게 문을 닫는 여덟 시까지 일해야 한다고 했다. 나와 나미가 나오려는데 또 다른 알바생 여자애가 들어왔다. 내가 차지하고 앉아 있던 고급 의자에, 요조와 같은 대학 2학년이라는 그 여자애가 앉아 있는 모습을 보니 왠지 내 자리를 뺏긴 듯한 기분이 들었지만, 사실은 내가 빌려 앉아 있었을 뿐이다. 서점 문을 닫기 전 뒤로 돌아, 아마 다시는 볼 수 없을 요조의 노란 티셔츠를 삼 초쯤 바라보다 나왔다.

커브를 따라 잠시 서쪽을 향해 달리다 보니 다시 전망 좋은 곧은 길이 나왔다. 횡단보도 앞에서 자전거를 세우자, 어디서 마쯔리가 열리는지, 중학생으로 보이는 유카타 차림의 여자애들이 모퉁이에서 나와 우리처럼 신호등이 바뀌길 기다렸다.

"나미야."

여자애들의 유카타 모양을 바라보면서 나는 여동생에게 물었다.

"우리 여름방학엔 뭘 했었더라?"

한 달, 혹은 두 달이나 되었던 시간에 우리는 무엇을 했었지?

나미는 핸들을 꽉 쥔 채 뒤를 돌아보았다.

"글쎄? 알바?"

나미는 페달에서 발을 떼고 샌들을 덜렁거리고 있었다. 그 그림자가 열기를 품은 보도에 드리워졌다. 그러고 보니 아직 점심을 먹지 못했다.

つばめの日

제비의 날

비인지 구름인지 안개인지 자동차 타이어가 튀기는 물방울인지 알 수 없는, 그런 하얀 날이었다. 창문을 꼭꼭 닫은 상태라 덥기도 해서 앞유리가 금세 부옇게 흐려졌다. 히메지 성으로 가는 길이었다.

"핫짱, 유리창 좀 닦아줄래?"

네네, 나는 대시보드 위의 타월을 집어 들고, 운전하는 리에짱의 시선이 닿는 곳을 확인하며 재빨리 손을 움직인다. 운전을 전혀 못하는 나는 혹시나 내가 굼뜨게 닦느라 앞을 가려 사고나 일으키지 않을까, 매번 그런 불안감이 엄습하곤 했다. 창을 닦는 건 출발하고 나서 이번이 열 번도 넘는다.

"썬다, 쪄."

리에짱 역시 일곱 번쯤 같은 말을 되풀이하고 서큘레이터 스위치를 눌렀다. 부웅 하고 과장된 소리가 차 전체에 울리면서 차가운 공기를 내뿜기 시작했다. 냉방을 켜면 켠 대로 이번에는 추워서 몇 분도 채 지나지 않아 바로 끌 것이다. 이 일 역시 반복된다. 6월, 비가 계속되는 날이면 이대로 비가 그치지 않을 것만 같은 기분이 든다.

"다음 휴게소에서 제가 교대할게요."

뒷좌석에서 아코짱이 말했다. 내가 앉은 좌석에선 아코짱 얼굴이 보이지 않았지만, 입에 문 청사과 맛 사탕 냄새가 아련히 떠다녔다.

"괜찮아, 올 때 해줘. 올 땐 아마 내가 졸릴 것 같으니까."

"그래요? 그럼 언제든 말해요."

자동차는 변함없이 물을 튀기며 가고 있다. 차창 밖에서 들려오는 그 소리가 스테레오에 연결한 아이팟이 무작위로 선별한 곡과 섞인다. 지금 흐르는 곡은 브라질 가수의 노래다. 뿌옇게 흐려진 공기 속에서, 고속도로 벽 저편에 보이는 산노미야 빌딩가와 록코산이 천천히 멀어지고 있다.

"남자친군 잘 있어?"

내가 묻자 리에짱이 바로 대답했다.

"뼈가 부러졌어."

"어쩌다가?"

"미니 축구 하다가. 발가락이니까 별거 아냐."

"어느 쪽 발가락이요? 왼쪽? 오른쪽?"

아코짱 목소리가 뒤에서 들려온다. 핸들을 잡고 앞을 바라보는 리에짱은 기억이 잘 나지 않는 것 같았다.

"오른쪽······ 엄지랑 새끼 빼고 나머지 중 하나였는데. 몽땅 다 깁스를 하고 있어서 잘 모르겠다. 아니다, 왼쪽이던가?"

"고생이겠다."

나는 딱 한 번 만난 적 있는 그를 떠올렸다. 눈썹이 무성하고 단단해 보이는 얼굴이었는데.

"앉아서 하는 일이니까 괜찮아. 우리 집엘 못 와서 탈이지."

"외롭지 않으세요? 사귄 지 얼마 안 되죠?"

내가 사 년 전까지 근무하던 회사 후배인 아코짱과 내가 자주 다니던 옷가게 점원이었던 리에짱이 만나는 건 오늘로 세 번째다.

리에짱은 아코짱이 한 말을 속으로 반추하는 듯, 몇 초가 지난 뒤에야 대답했다.

"야채가 남아서 고민이지 뭐."

그러면서 냉방을 껐다. 아코짱은 "야채?" 하고 되물었다. 리에짱은 반년 전부터 유기농 야채를 택배로 배달시켜 먹는데, 일주일 세트가 최소 단위인데도 식재료가 남아돌아 처치 곤란이라고 했다. 일하고 있는 의류 회사에 파견 나온 시스템 엔지니어와 사귀게 됐다는 연락을 받았는데, 한 달 전쯤 만났을 때 야채를 다 먹어치웠다며 무척 기쁜 듯 보고를 했다.

"먹어주는 사람이 생겨서 좋다고 했잖아."

"양배추 바깥쪽 벗길 땐 말이지,"

리에짱은 벌써 흐려지려는 앞유리 너머 저편에 시선을 고정한 채 말을 이었다.

"아, 토끼 한 마리 있음 얼마나 좋아, 그런 생각이 든다니까."

내가 소리 내어 웃자, 아코짱이 갑자기 더 큰 소리로 아! 하고 소리쳤다.

뒤돌아보았더니 아코짱은 뒷좌석 중앙에 앉아 눈을 동그랗게 뜨고 이쪽을 바라보고 있었다.

"점보토끼* 본 적 있어요? 정말 어마어마하게 커요. 그런 게 세상에 다 있다니, 겁이 덜컥 나더라고요. 이러다 토끼가 세상을 지배할 것만 같은 기분이 든다니까요."

"가만히 보면 토끼 좀 무섭지 않니?"

내가 그렇게 말하자 리에짱이 물었다.

"왜?"

"목도 없고."

"하츠 언닌 쥐도 싫어하잖아요."

"토끼, 맛은 있더라."

---

* 일본 아키타현산 개량종. 일반적으로 6~10킬로그램 정도 무게가 나간다.

리에짱은 맛집 블로그를 운영하고 있다. 오 년 동안 다닌 맛집이 칠백 군데가 넘는다.

"좋겠다, 리에 언닌. 좋은 맛집 엄청 많이 다니고."

"나는 토끼다, 하는 그런 형태던데?"

"맛은 어떤 맛?"

"스튜 같은 느낌이고, 야채랑 같이 끓여. 그래도 역시 소, 돼지, 닭이 젤 낫지."

"맛이 있으면 다들 먹지 안 먹겠어요? 인간이 얼마나 탐욕스러운데."

아코짱은 이상할 정도로 진지한 얼굴을 했다. 그런 다음 셋이서 밤에 무얼 먹을지 이야기를 나눴다.

어쩌다 히메지 성으로 가게 됐는지 벌써 잊어버릴 것 같았다.

고베 중심가에서 멀어져 산이 바로 코앞에 다가왔을 때, 아코짱이 화장실이 급하다고 했고 곧이어 휴게소가 나왔다.

"뭐 좀 먹을까?"

차를 세우면서 리에짱이 그렇게 말해 휴대전화 시계를 보니 열두 시를 막 넘긴 시간이었다. 별로 출출하지는 않았지만 그래도 제일 먼저 차문을 열고 약간 높은 좌석에서 아스팔트로 살짝 뛰어내려 기세 좋게 차문을 닫았다. 탕, 기분 좋게 닫힌 차문 앞쪽 부분에 흰 게 보였다.

어? 하고 살펴봤더니 앞 타이어와 차체 경계에서 흰 수증기 같은 것이 희미하게 피어오르고 있었다.

온도가 높아 마찰열이 발생한 타이어에서 수증기가 피어오르는 거겠지, 일단은 그렇게 판단했는데 계속 보니 그 아물아물한 것의 색깔이 점점 짙어졌다. 게다가 타이어보다 좀 더 안쪽에서 새어 나오는 것처럼 보였다. 고개를 들어 보니 차에서 내린 아코짱은 작은 몸을 쭉 늘여 기지개를 켜고는 곧바로 화장실을 향해 걸어가고 있었다. 비가 내리고 있었지만 안개처럼 빗방울이 가늘었기 때문에 우산을 써야 할 정도는 아니었다.

"나도 화장실이나 다녀올까나."

리에짱 역시 차에서 내려 문을 닫았다. 차문 전체가 잠기는 낮은 소리가 울리고, 리에짱이 나를 바라보았다. 리에짱과 나 사이, 반짝반짝 검게 빛나는 보닛 끝에서 뭉게뭉게 흰 안개가 피어올랐다. 타이어 쪽에서 새어 나오는 것보다 훨씬 더 흰 그것은 안개라기보다 거의 연기에 가까웠다.

그러다 완연히 연기라고 부를 만한 것으로 변했다.

리에짱이 말했다.

"이게 대체 뭐야?"

"음, 역시 뭔가가 새어 나오고 있는 거 맞지?"

"어라? 어라? 어라?"

리에짱의 "어라?" 소리는 점점 더 커졌다. 겨우 상황을 파악하고 돌아온 아코짱의 얼굴과 차를 번갈아 보며 리에짱이 말했다.

"어떡하지? 저기 저 주유소까지 끌고 가서 물 좀 뿌려달라고 해야 할까?"

리에짱이 돌아보는 시선 끝에 주유소의 평평한 지붕과 심벌마크가 그려진 간판이 보였다. 아코짱은 흰 연기를 응시하며 대답했다.

"아니 아니 아니, 움직이면 안 돼요. 만지지 말아요. 괜찮아요, 전에 한 번 겪어봤으니까."

괜찮다고 다시 한 번 말한 아코짱은 제 말에 고개를 끄덕였지만, 무엇이 괜찮은지 아무도 알 수 없었다. 리에짱은 매달리는 눈으로 아코짱을 바라보았다.

"정말? 어떻게 해야 돼?"

"자동차연맹에 가입했어요? 전화해서……"

"자동차연맹에는 가입하지 않았지만, 보험회사에다 전화할까?"

리에짱이 당황해서 불룩한 가방에 손을 집어 넣고, 역시 불룩한 지갑을 열어 대량의 카드 중에서 하늘색 한 장을 꺼내더니 아코짱에게 보였다.

"전화해요. 아마도 이 차, 내 차보단 진짜 괜찮은 상태니까."

"정말? 정말이지?"

높게 갈라진 목소리로 그렇게 되풀이하더니 리에짱은 휴대전화 버튼을 눌렀다.

나는 연기가 나오는 걸 처음 발견한 타이어 앞에 멍하니 서 있었다. 빗줄기가 강해지고 있었다. 흰 연기는 조금씩 잦아들어갔다.

매점과 단출한 구조의 식당이 들어선 사각형 건물 앞에 황색과 붉은색 줄무늬 천막 지붕이 드리워 있었고, 그 밑으로 은색 테이블과 의자가 어수선하게 배치되어 있었다. 식당과 매점 둘 다 그럭저럭 사람이 많았지만, 바깥 의자에는 우리 외에는 아무도 앉아 있지 않았다.

"전 정말 최악이었는데 말이죠, 아카시 해협 대교를 한창 건너고 있는데 갑자기 전방이 새하얘지는 거예요. 그때 하필이면 또 혼자였거든요. 아, 저희 할머니가 스모토에 사시는데요, 아와지 섬에 막 도착하려던 참이었는데, 옆에서 달리던 트럭 운전사 아저씨가 손가락으로 가리키면서 엄청 소리치고 난리를 피우는데, 알고는 있었지만 나보고 대체 어떡하라고, 완전 패닉 상태라 그저 다리 위에선 차를 세우면 안 된다고 그 생각만 하고 있었거든요. 울면서 겨우겨우 다리 끝에다 차를 세웠죠. 근데 억지로 그렇게 달린 게 불에 기름을 부은 격이라나요. 결국 수리비만 십만 엔은 넘는다고 하지, 고쳐봐야 또 다른 데가 불안불안해서 계속 고치고 또 고치느니 차를 바꾸는 게 좋겠다 생각은 했는데, 십만 엔도 없는데 그럴 돈이 어디 있겠어요. 그러고 쭉 차 없이 살고 있죠. 뭐 처음 살 때부터 아슬아슬하긴 했지만요."

"그래? 십만 엔이라고."

리에짱은 한숨을 크게 쉬고 오른손에 쥐고 있던 휴대전화를 켰다.

"여긴 전파가 잘 안 잡힌다. 전화 올 때까지 난 저쪽에 앉아 있을 게."

"그럼 저도……"

엉거주춤 일어서는 나와 아코짱을, 리에짱은 제지하듯 손으로 막고 재빨리 가방끈을 어깨에 걸쳤다.

"됐어, 여기 앉아 있어. 저긴 비 들어오잖아."

어쩌면 마음의 동요가 느껴질 때나 기운이 없을 때 다른 사람과 같이 있는 걸 꺼리는 성격인지도 모르겠다, 휴대전화를 열었다 닫았다 하며 걸어가는 리에짱의 뒷모습을 바라보며 그런 생각을 했다. 리에짱을 스쳐 지나 갓난아기를 안은 부부가 우산 하나를 같이 쓰고 걸어왔다. 그들이 옆으로 지나가는 걸 보면서 아코짱이 일어섰다.

"그럼 전 먹을 것 좀 사 올게요. 뭐 먹고 싶은 거 있어요?"

열려 있는 문 저편에 다지마산 소고기 스테이크 덮밥이라고 쓰인 간판이 보였다. 건물 앞 세 개의 나란한 가건물 매점에는 아이스크림도 있었고, 제일 앞쪽에는 '일본산 소고기 점보 꼬치구이'라고 적힌 깃발이 서 있었다. 소고기, 먹고 싶다.

"그냥 우동이나 라면, 아무거나."

내 주문에 고개를 크게 끄덕이고 아코짱은 책임감이 강하게 느껴지는 발걸음으로 식당으로 향했다. 알루미늄 파이프 의자의 차가운 감촉이 시원했다. 옆으로 넓은 형태의 주차장은 날씨가 궂은 탓인지, 일요일인데 반도 차지 않았다.

머리 위 천막은 건물 가장 끝에 있는 화장실 앞까지 폭이 좁아지면서 이어져 있었다. 천막 지붕이 끝나는 주변에 줄지은 휴지통 옆에서 리에짱은 선 채로 전화를 걸고 있었다. 보험회사에서 전화가 왔나 싶기도 했지만, 곤혹스러운 표정을 스스럼없이 드러내는 걸 보니 누군가 아는 사람, 남자친구나 가족 혹은 친구, 정확히 알 수는 없지만 아무튼 그런 사람과 통화하는 것처럼 보였다. 리에짱 키가 크네, 마치 처음 알게 된 사실 같았다.

리에짱과 나 사이의 물기 많은 공간을, 검고 작은 그림자가 지나갔다. 무척 빠르고 매끄러운 움직임이었다. 그 궤도를 눈으로 좇아 잠시 응시하는 동안, 이번에는 반대 방향에서 미끄러져 내려오듯이 검은 그림자가 이동했다. 이번에도 무척이나 빨랐다. 알루미늄 파이프 의자가 겹쳐져 있는 저편에 원뿔 모양 붉은색 플라스틱이 놓여 있었고, "머리 조심"이라고 적힌 종이가 눈에 들어왔다. 그 바로 위로 시선을 들자 제비 집이 보였다.

천막 색깔이 비쳐 엷은 오렌지색이 반사되고 있는 철제 구조물 틈에 붙은 회갈색 덩어리. 새끼 새의 머리 같은 게 살짝 보인다 싶더니, 어미 새가 돌아오자 그 검고 작은 부분이 일제히 노랗게 벌어지며 삐익삐익 울기 시작했다. 달려들듯 둥지에 멈춘 어미 새는 노랗게 벌어진 틈 하나에 먹이를 끼워 넣고는 다시 날아올랐다. 천막 아래에서 하강하며 일단 매점 쪽으로 돌고 붉은 원뿔 바로 앞을 무척 낮은 높이로 통과해 주차장 저편에 보이는 푸릇푸릇한 덤불로 날아갔다.

아름다운 타원을 그린 그 궤적은 혹성의 궤도를 설명하는 그림을 떠오르게 했다.

"파 라면이랑 유부 우동, 뭘로 할래요?"

그 목소리에 얼굴을 들어보니 아코짱이 연두색 쟁반을 들고 서 있었다. 움푹한 그릇에서 피어오르는 김이 공기 속 증기와 섞이고 있었다.

"아냐, 아코짱이 먼저 골라."

"진짜요? 황송하옵니다."

아코짱은 케이블 방송에서 사극 영화를 보고 난 뒤로 자기에게만 일시적으로 유행하는 인사말을 건네고는 유부 우동을 자기 쪽에 두고 앉았다. 그러고 리에짱 쪽을 돌아보았다.

"괜찮아요. 내 거보다 차도 완전 새거고, 일찍 발견했잖아요."

몸을 비튼 채로 아코짱은 잠시 동안 리에짱을 바라보고 있었다. 비는 이제 내리는 둥 마는 둥 하고 있었지만 전체적으로 안개가 낀 날씨는 변함없었다.

내가 파의 매운맛이 너무 강한 라면을 다 먹고 아코짱이 유부 우동 국물을 후루룩 다 마실 때까지, 작은 제비는 먹이를 두고 날아가서는 다시 먹이를 가지고 날아오기를 몇 번이나 반복했다. 보다 보니, 제비가 거의 같은 곳을 날아다니고 있다는 걸 알게 되었다. 대형 트럭이 나란히 서 있는 주차장 저편에서 나타나 리에짱 앞을 스쳐 붉은 원뿔 플라스틱을 돌고, 알루미늄 테이블과 의자 사이를 뚫고 상승한 후 U 자 커브를 돌듯 급격한 각도로 천막 뒤편으로 날아든다. 그런 다음 완벽히 똑같은 궤도를 그리며 반대 방향으로 되돌아간다. 길이 있는 것도 아닌데 넋을 잃고 바라보게 될 만큼 정확히 위치를 잡고 있었다. 매끄러운 그 비행을 바라보고 있자니, 댄스처럼 단순한 운동을 볼 때의 쾌감이 느껴졌다.

리에짱이 돌아왔다.

"견인차가 오는 데 삼십 분에서 늦으면 한 시간 걸린대. 차를 근처 수리 센터까지 견인하고 거기서 다른 차를 빌려준다는데, 센터까지 데려다줄 수 있는 건 나랑 또 한 사람뿐이라네. 그쪽에서 견인차랑 다른 차 한 대로 둘이 오는 모양인데 한 사람은 다른 데로 바로 가야 하고 견인차 조수석에는 둘밖에 못 탄대. 자세한 건 모르겠지만. 내 차 타고 가는 건 법률 위반이라나 뭐라나."

리에짱이 무척 미안해하며 설명한 바에 따르면, 요컨대 누군가 한 사람이, 그것도 한두 시간을 여기서 기다려야 한다는 뜻이었다.

"내가 기다릴게. 어차피 운전도 못하니까 쫓아가봐야 도움도 안될 테고."

"아뇨, 하츠 언니가 같이 가세요. 난 이거, 이거 갖고 있으니까."

아코짱은 붉은 체크무늬 데이 팩에서 하늘색 닌텐도 DS 게임기를 꺼내 웃어 보였다. 몇 번이나 주거니 받거니 양보를 하다가 결국 아코짱이 남기로 결론이 났다. 옆 테이블에는 온 식구가 '추리닝' 차림인 일행이 시끌벅적 떠들고 있었다. 아마도 남쪽 나라에서 온 외국인들인 듯했다. 리에짱은 뒤돌아서 식당 쪽을 바라보았다.

"일단 배 좀 채우자."

"저거요, 저거. 저 따끈따끈 치즈 포테이토, 아까부터 먹어보고 싶더라고요."

역할을 분담해서 차례로 이것저것 사 오니, 은색 둥근 테이블 위에는 야채튀김 소바와 커피와 따끈따끈 치즈 포테이토와 자색 고구마 아이스크림과 초코칩 쿠키가 놓였다. 그것들이 순조롭게 줄어드는 동안, 나는 리에짱 머리 뒤로 날아가는 제비를 바라보았다.

제비는 규칙적으로 날아가 모이를 물고 돌아와서는 다시 날아갔다. 새끼들도 어미 제비의 모습이 보이면 일제히 울어대고, 날아가버리면 일제히 조용해졌다. 추리닝 차림의 가족 중 가장 어린 남자아이가 제비를 가리키며 엄마로 보이는 여자에게 무슨 말인가 했다. 남자아이의 추리닝은 핑크색이었고 어머니의 추리닝은 좀 더 짙은 핑크색이었다. 아마 틀림없이 그들의 나라에도 제비가 서식할 것이다. 아니, 계절이 바뀌면 이 제비가 그들의 나라로 날아갈지도 모른다.

자세히 보니, 어쩌면 당연한 일인지도 모르겠지만, 돌아오는 제비의 부리에는 작은 무언가가 분명 물려 있는 걸 알 수 있었다. 날

개 달린 작은 벌레인지 혹은 유충인지 알 수는 없지만 볼 때마다 형태가 달라 보였다. 그걸 어떻게 잡는지 제비가 먹이 잡는 모습을 본 적이 없어 상상이 되지 않았다. 맹금류처럼 쉬익 하늘을 날아와 잡는지, 일단 나뭇가지에 멈췄다가 쪼는지, 그리고 그렇게 작은 먹이를 대체 어떻게 찾아내는지, 내가 아는 게 하나도 없다는 생각을 했다.

제비는 날아가 나무가 몇 그루 모여 있는 무성한 잎사귀 저편으로 사라지는가 싶더니 겨우 몇 초 만에 다시 슈욱 하고 나타났다. 벌레를 찾아다닐 수 있는 만큼의 시간은 아닌 것 같았다. 나무들 저편 어딘가에 벌레가 한가득 쌓여 있는 먹이 터가 있어서 거기서 하나씩 물어 나르는 상상을 했다. 그런 곳이 있을 리 없겠지만.

몇 번에 한 번쯤은, 몇 분이 지나도록 제비가 돌아오지 않기도 했다. 나무가 있는 곳 저편에서 속도를 늦추지 않고 달려가는 차들의 엔진 소리와 물을 튀기는 바퀴 소리를 들으며, 옆 테이블의 추리닝 가족이 라면을 먹어치우는 모습을 보며, 이대로 영영 제비가 돌아오지 않으면 어쩌나 걱정을 했다. 걱정을 했다니, 좀 이상하게 들릴지도 모르겠다. 나는 제비가 돌아오든 말든 아무 행동도 취하지 않을 것이고 아마도 금방 잊어버릴 테니까. 그저 아주 약간, 불안해졌을 뿐이다.

어미 제비가 트럭에 부딪쳐 돌아오지 않기라도 한다면, 삐익삐익 울어대며 머리가 반으로 쪼개지지나 않을까 싶을 정도로 노란

부리를 벌리는 새끼 제비들은 죽게 될까? 리에짱, 아코짱, 어떨 것 같아? 생각은 했지만 입 밖에 내지는 않았다. 그저 내가 환생해서 제비 새끼로 태어났는데 아무리 기다려도 먹이를 찾으러 간 어미 새는 돌아오지 않고, 그 어미가 어떻게 됐는지도 모른 채 죽어가게 되면 어쩌지? 잠깐 그런 상상을 했다.

내가 그런 사소한 것들에 대해 생각하는 동안에도 어미 제비는 어김없이 나타났다. 제비는 정확하게 같은 타원 궤도를 미끄러지듯 날아와 자신의 의무를 다했다. 따끈따끈 치즈 포테이토는 기름기가 너무 많아 그다지 맛이 없었다. 어느덧 비는 완전히 멈추어 있었다.

"오라이, 오라이."

씨름 선수처럼 체격이 다부진 작업복 차림의 남자가 견인차를 유도했다. 견인차는 도심 주차위반 단속 때 종종 보게 되는, 차를 직접 끌고 가는 종류가 아니라, 차를 짐칸에 싣고 가는 트럭 타입이었다. 짙은 녹색 작업복을 입은 사람들은 모두 세 명이었다. 견인차 운전석에 앳되어 보이는 자그마한 남자가 탔고, 사람 좋아 보이는 새치 섞인 머리의 아저씨가 리에짱에게 사인해달라고 서류를 내밀었다. 그들은 자신들의 역할을 정확히 파악하고 빈틈없이 연계해 리에짱 차를 짐칸에 싣고 있었다.

"괜찮대. 안 들키면 된다네."

리에짱이 조금 떨어진 화단 울타리에 걸터앉아 작업 광경을 바라보고 있던 아코짱과 나에게 다가와 말했다.

"사실은 안 되는데, 눈감아주겠대."

아코짱과 나는 서로 얼굴을 마주보았다.

"휴, 다행이다. 실은 게임기에 글자쓰기 게임밖에 안 들어 있거든요. 그야 글자가 예뻐져서 나쁠 건 없지만."

"근데 있지, 짐칸인 데다가 내 차가 좀 높잖아. 무지 흔들린다는데, 핫짱, 멀미하는 편 아니던가?"

리에짱의 말이 채 끝나기도 전에 아코짱이 큰 소리로 답했다.

"아, 제가 탈래요, 타보고 싶어. 거기 타게 해줘요. 나 롤러코스터 완전 좋아하는데. 그런 데 타는 경험을 어디서 또 해보겠어요?"

아코짱의 눈이 반짝거렸다. 두 대의 대형 관광버스가 주차장으로 들어와 우리 가까이에 멈춰 섰다.

"진짜 괜찮겠어요? 농담 아니고 죽게 흔들리는데. 비상시에 연락할 방법은 있고요?"

견인차 운전석에 탄 자그마한 남자가 내려와 우리 얼굴을 번갈아 바라보며 물었다. 그의 두 귓불에는 은색 링 피어스가 셀 수 없을 만큼 빽빽이 달려 있어, 귀 전체가 마치 기계처럼 보였다.

"휴대전화 갖고 있어요."

아코짱은 꼭 쥔 휴대전화를 눈앞에 내밀었지만, 그 휴대전화로 차 안 사진을 찍으려는 게 눈에 훤했다. 리에짱은 걱정이 되는 모양이었다. 의기양양하게 차에 올라탄 아코짱이 기념 사진을 찍어달라고 하는 동안에도 "토할 것 같으면 바로 말해, 알았지?" 하고 여러 번 반복해 말했다.

체격 좋은 사람과 친절한 아저씨는 다른 차를 타고 어딘가로 가버렸다. 나는 견인차 운전석 옆에 리에짱과 나란히 앉았다. 차 높이가 높은 좌석에서는 지금까지와 다른 풍경들이 보였다. 수리 센터는 멀리 떨어진 곳에 있는지, 우리는 좀 전에 리에짱 차로 달렸던 방향과 같은 방향으로 계속 달렸다. 고속도로에서 바로 내릴 것이라고 예상했는데 십 분이 지나도록 그럴 기색이 보이지 않았다. 이대로 히메지 성까지 데려다주면 얼마나 좋을까, 그런 생각을 할 무렵에 톨게이트가 나왔고 거길 지나 유턴했다. 이번에는 고속도로 반대 방향으로 다시 한참을 달렸다. 그동안 리에짱은 피어스를 한 남자에게 자신의 자동차 상태에 대해 물었다. 엔진 과열인 것 같은데 확실한 건 센터에서 뚜껑을 열어봐야 알 수 있다는 대답이 돌아왔다. 리에짱은 수리비가 얼마나 들지 물어보려고 여러 번 시도했지만 그가 지금 상황에서 알 수 있는 건 없다는 말만 되풀이해서 초조한 얼굴이 되었다. 그래도 그가 앞으로 주의해야 할 사항에 대해 설명해주자 열심히 귀를 기울였다.

앞으로도 난 아마 차를 운전할 일은 없겠지, 두 사람의 대화를 들으며 멍하니 그런 생각을 했다.

견인차가 겨우 고속도로에서 빠져나오자 돌연 노란색 러브호텔이 있는 언덕이 나타나고, 그 언덕을 내려서자 논두렁 길이 나왔다. 길은 북쪽으로 곧게 뻗어 있었고 넓은 물류 센터를 지나자 집들이 간간이 늘어나기 시작했다. 끊어질 듯 이어지는 논들에는 푸릇푸릇한 못자리 사이에 물이 차 있어, 오늘처럼 수분이 많은 공기의 바닥을 받치고 있는 것처럼 느껴졌다. 리에짱이 가방에서 휴대전화를 꺼냈다. 아코짱에게서 걸려온 전화였다.

"여보세요? 괜찮아?"

내 가방 속 휴대전화를 꺼내 보니 아코짱에게서 두 번이나 전화가 걸려와 있었다.

대에박, 완전 재밌어요, 하고 리에짱이 귀에 댄 휴대전화에서 아코짱의 목소리가 새어 나왔다. 운전하는 자그마한 남자가 살짝 웃는 게 보였다.

"엄청 힘들 텐데. 저도 타본 적 있는데 중간에 간당간당했죠."

"원래 롤러코스터를 좋아해서 재밌나 봐요."

내가 그렇게 말하자 그는 네에, 하고 이해하는지 마는지 애매한 대답을 했다. 리에짱 전화를 건네받자 아코짱이 "나중에 동영상 보여줄게요" 하고 쾌활한 목소리로 말했다.

폭은 넓은데 물이 거의 흐르지 않는 강을 가로지르는 콘크리트 다리를 건너자 시가지가 나왔다. 도로 양옆에는 전국 어디나 똑같은 디자인의 간판이 달린 음식점이 줄지어 있었다. 이런 풍경을 본 적이 별로 없어서 한 번도 가본 적 없는 패밀리 레스토랑이 있으면 시선을 뺏기곤 한다.

잠시 밖을 바라보던 리에짱이 몸을 앞으로 기울이면서 운전하는 그에게 물었다.

"이런 일 하는 걸 보니 자동차를 좋아하시나 봐요?"

"아아, 듣고 보니 취미가 자동차 튜닝이에요."

"그럼 자동차도 특이한 거 타고 다니고 그래요?"

"제 차는 '마크투'라고 아저씨들 타는 승용차인데, 개조에 목숨을 걸죠. 아니지, 목숨이 아니라 돈을 건다고 할까요."

"이제까지 얼마나 썼어요?"

"으음, 천만 엔은 가볍게……"

"우와, 우와."

리에짱과 내가 한목소리를 내자 그는 웃는 표정을 짓고 지금까지보다 훨씬 친밀함이 느껴지는 말투로 얘기를 했다.

"기계도 개조하지만 젤 먼저 도장에 힘을 쓰죠, 전."

"무슨 색이에요?"

"은색, 검은색에 가까운 은색이요."

건조한 듯하면서도 자부심이 느껴지는 어조로 말하는 그의 옆얼굴은 코가 납작하고 앳돼 보였다. 실제로 우리보다 훨씬 어릴 것이었다. 그는 눈으로 보지 않고도 달릴 수 있을 것 같은 길을 운전하는 중이라는 식으로 차를 몰며, 물류 창고형 매장 모퉁이를 돌아

구불구불하고 가느다란 길로 들어섰다. 차가 길을 꺾을 때, 여길 잘 기억해두세요, 하는 말을 듣고서야 비로소 나는 수리가 끝난 차를 리에짱이 가지러 와야 한다는 사실을 깨달았다.

인적도 차도 없는 사거리에서 신호등을 기다리며 서 있을 때 그가 말했다.

"이 직업이 기본은 기다리는 거거든요. 손님한테 연락이 올 때까지 대기하고 있어야 하니까, 아무 일 없으면 하루 종일 차만 만지작거리는 거죠."

"그럼 드라이브도 자주 하나요?"

"아뇨, 그게 잘 안 타게 되더라고요. 차가 닳는 게 싫기도 하고. 일반 주차장에 세우면 밑이 긁히기도 하고."

"아아."

나는 오래전 비탈길에서 벌이는 자동차 경주 영화에서 본, 납작하고 엄청나게 낮은 자동차를 떠올렸다. 그런 차는 역시 페라리나 람보르기니 같은 고급 스포츠카를 동경하는 욕구에서 만들어지는 걸까. 목적지에 다가가자 여유가 생겼는지, 그는 얘기를 계속했다.

"그래서 근처 장 보러 갈 땐 와이프 차를 쓰죠, 근데 그게 또."

"부인도 자동차를 좋아해요?"

"좀 추구하는 방향이 다르다고 할까요? 차 안이 온통 미니마우스예요."

그는 리에짱과 나를 보며 씨익 웃었다.

"미키는 안 되고 미니만 된다나요. 뭐가 다른지 도통 모르겠지만. 그냥 평범한 닛산 마치인데, 안에 못해도 이백 마리는 들어 있을걸요?"

이백 마리의 미니마우스가 들어 있는 마치라. 주차장에 서 있으면 분명 들여다볼 것이다. 아마도 리에짱 역시.

"사람들 타입이 참 다양하네요. 전 차가 없어서."

"또 한 사람 있었죠? 덩치 큰 사람. 그 사람은 제 선배인데,"

견인차에 차를 싣는 작업을 하던 백 킬로그램은 됨 직한 그 사람은 마지막까지 우리와는 한마디도 나누지 않았다.

"그 사람 차가 혼다 스텝웨건인데…… 아세요, 타이어 부분이 툭 튀어 올라와 덜커덩덜커덩 움직이는 녀석?"

"아, 본 것 같애, 텔레비전에서."

"뒤쪽 반쯤은 스피커고."

"야구 선수 이치로 같네요."

내가 그렇게 말하자 리에짱이 왜? 하고 물었다.

"이치로 차가 마친데, 앞에 두 사람만 탈 수 있고 이천만 엔은 한다고 전에 주간지에서 읽은 적이 있어. 지금은 외제 차 탄다지만."

"닛산 차를 좋아하나 봐요."

그가 웃었기 때문에 난 왠지 기뻤다.

"저기—"

리에짱이 그의 얼굴을 가만히 바라보며 물었다.

"그쪽, 간사이 사람 아닌 것 같은데."

"아, 저요? 가나가와 현 출신이에요."

"어? 진짜? 나도 가나가와야! 완전 대박! 여기서 가나가와 사람을 다 만나네."

"와이프랑은 오키나와서 만났는데요, 그 사람 친정이 우연히 여기서 자동차 쪽을 한대서 결혼하고 나면 물려받겠냐는 말에……이래 봬도 저 금발 염색은 포기한 거예요."

"어디야? 가나가와 어디?"

"후지사와요."

"정말? 난 오후나. 가깝네. 고등학교는 어디야?"

남자는 리에짱의 기세에 살짝 당황한 기색을 보이면서도 다니던 고등학교 이름을 댔다. 리에짱의 흥분한 목소리가 더욱 커졌다.

"그럼 야지마라는 애 알아? 야지마 케이지, 나이 차이가 너무 나나? 중학교는 어디야?"

그리고 한참 동안 리에짱은 고유명사를 열거했다. 서로 아는 마트 이름에 겨우 도달했을 때, 초록색 지붕의 수리 센터에 도착했다. 중고차 판매점 같은 그곳을 보고 나서야, 나는 이제껏 초등학교 때 견학 갔던 대규모 자동차 공장 같은 곳을 상상하고 있었구나 깨닫고 혼자 웃었다.

짐칸에서 가볍게 뛰어내린 아코짱이 활짝 웃으며 말했다.

"아, 재밌어라!"

빌린 차는 작고 붉고 둥근 차였다. 센터에서도 결국 수리해보지 않으면 정확한 금액을 알 수 없다고 했지만, 십만 엔은 넘을 것 같다는 말에 리에짱은 풀이 죽었다. 아무것도 없는 새 차를 타고 우리는 오사카 방면으로 되돌아가기로 하고 도중에 스마 해변 수족관에 들러 돌고래 쇼를 봤다. 고베 근처에서 아코짱 친구에게서 전화가 걸려와 우메다에서 같이 한잔하기로 했다. 아코짱의 친구인 남자애는 5월 연휴 기간에 하이난 섬에 서핑을 하러 갔다가 다른 사람 서핑 보드가 머리를 박아 열다섯 바늘이나 꿰맸는데, 지금은 말끔히 다 나았다고 했다. 또 다른 남자애는 어젯밤에 만 엔을 잃어버려 그 일이 머릿속을 떠나지 않는 것 같았다. 삼겹살을 상추에 싸면서 리에짱이 말했다.

"저기 나, 연기가 나올 때, 실은 있지, 다들 거기서 떨어져, 하고 소리친 다음 혼자 주차장 끝까지 차를 몰고 가서 차가 벼랑에서 펑 하고 폭발하는 상상을 했어. 진짜로 리얼하게."

남자애들과 헤어진 다음, 셋이 유료 주차장까지 걸었다.

낡은 빌딩 외벽에 둘러싸인 틈새 같은 주차장 가장 안쪽에, 붉은 차가 조용히 서 있었다. 아코짱은 졸린 것 같았다.

리에짱이 말했다.

"다음엔 꼭 히메지 성 가자."

"세계유산."

세계유산을 좋아하는 아코짱이 졸린 목소리로 말했다. 그러고 보니 히메지 성에 가고 싶다는 말을 꺼낸 건 아코짱이었는지도 모른다.

"미안. 모처럼 휴가까지 맞춰줬는데."

리에짱이 그렇게 말하자 나는 대답했다.

"아냐. 재밌었어."

내 목소리를 귀로 듣고 나서야, 아차 싶었다. 아코짱이 토끼 눈을 뜨고 나를 봤다. 리에짱은 자동정산기에 천 엔짜리를 집어넣으며 말했다.

"십만 엔이나 들면 어쩌지?"

なみ
ゅ
ぎ
ま
の
日

나
뮤
기
마
의
날

겨울비 내리는 날, 콘크리트의 냉기가 특히 심하다. 길고 좁다란 교실에는 천장에 달린 난방기에다 수험생들을 위해 동원됐는지 낡은 가스스토브가 앞뒤로 한 개씩 놓여 있었다. 패널 판 부분이 오렌지색으로 타오르고 있다. 입구에 가까운 맨 앞좌석에 앉은 나는 그 열기를 바라본다. 투명하고 푸른 불꽃이 오렌지색 주위를 희미하게 감싸고 있다.

문틈으로 들어오는 찬 기운에 더해 벽과 바닥에서 느껴지는 축축한 냉기, 그리고 가스가 타는 국지적인 열. 양쪽의 서로 다른 공기를 받는 나는 얼굴과 머리에만 피가 몰려 멍한 기분이다. 연필을 쥔 채 손을 뺨에 대보니 양쪽의 체온 차이를 분명히 알 수 있다. 같은 몸에 같은 피가 돌고 있는데, 꼭 다른 사람 몸 같다.

교실에는 연필이 책상에 부딪는 소리만 울리고 있다. 이렇게 작은 몸체에서 난다고는 믿기 어려울 만큼, 사각 사각 사각, 제각각의 리듬이 여기저기서 들려온다. 그렇다고 터질 듯한 긴장감으로 가득 차 있는 것은 아니다. 2월 중순쯤 되면 다들 시험에 익숙해진다. 그냥 빨리 끝났으면 좋겠다는 생각뿐이다. 손을 내리자 책상에 놓인 수험표가 눈에 들어온다. 증명사진이 붙어 있다. 머리가 길었을 때 찍은 사진이라 무척 오래전의 나처럼 느껴진다. 내가 아닌 것만 같다. 수험번호는 2608.

이제 칠 분 남았다.

"화이팅! 엄청 날씨가 좋아! 푸른 바다에서 파워를 보낼게~."

오늘 아침 전철 안에서 들은 부재중 메시지에 들어 있던 마키린의 목소리가 다시 떠오른다. 수시전형으로 입학할 곳이 정해진 마키린은 졸업여행을 겸해 오키나와에 가 있다. 졸업여행이라면서 부모님, 그리고 사이가 무척 좋은 오빠와 동행했다.

비꼬는 게 아니라 진심으로 고맙다. 즐거울 때에도 나를 잊지 않아주다니. 언제나 기운이 넘치는 마키린은 다른 사람에게 진심으로 따스하게 굴 줄 알고, 분위기 파악을 못한다는 소리를 들을지언정 파워를 잃지 않아 존경스럽다. 진심으로.

숨을 내쉰 후, 내가 쓴 답안지를 다시 한 번 읽는다. 출제된 두 페이지짜리 영문을 번역한 것이다. 서둘러 쓴 탓에 읽기 힘든 글자를 지우고 다시 썼다.

3인용 긴 탁자 반대편에 앉은 여자가 갑자기 콜록거렸다. 두세 번 반복되자 목에 부담이 갔는지, 결국 오열하는 것처럼 심한 기침이 계속된다. 시험 감독관이 다가가 괜찮아요? 하고 묻는다.

안쓰럽다.

나도 이 주 전에 감기에 걸렸다. 작년에도 재작년에도 단 한 번 걸리지 않았던 감기에.

종이 울리고 답안지가 걷혔다.

복도로 나가자 얼어붙을 것 같은 공기가 달아오른 얼굴을 쿡쿡 찔렀다.

국공립 대학은 예산이 모자라는 거겠지. 건물들이 낡았다. 언뜻 깨끗하게 보수한 것 같지만, 새하얗게 덧칠해진 벽도, 새 창틀도, 내진보강을 위한 철골도 제각각 낡은 모습이 도드라진다. 정문 앞에는 이 분위기 있는 벽돌 건물과 신축 건물도 있지만, 내가 지망하는 학부가 있는 건물은 삼십 년도 더 되어 보였다.

최근 이 주 동안 시험을 치른 사립 대학들을 차례로 떠올려본다. 도심에 있는 오피스 빌딩처럼 보이는 곳도 있었고, 콘크리트로 지어진 미술관 같은 건물도 있었다. 당연히 난방도 매우 쾌적했다. 수험생들의 분위기도 다르다. 역시 뭐랄까, 여기 있는 사람들은 수수하고, 세련되지 않다. 나를 포함해서.

나는 벌써 열흘이나 목욕을 안 한 상태다. 사립 대학 시험이 시작되자마자 감기에 걸려 열이 나는데도 약으로 버텼고, 눈이 내리는 날에도 시험장에 다니다 겨우 나았다고 방심하고 목욕을 하는 바람에 열이 다시 올랐다. 결국 강한 항생제와 해열제를 연거푸 먹으면서 일정이 모두 끝날 때까지 결단코 목욕을 하지 않으리라 결의했다. 일단 제균 종이로 몸을 닦고 머리만은 세면대에서 사흘에 한 번씩 감았다. 오늘 시험을 치르는 이 대학이 내가 제일 들어가고 싶은 대학이기 때문에, 다시 말해 이 대학에 들어오고 싶어서 이제껏 공부를 했기 때문에, 어제는 조심하느라 머리도 감지 않았다. 나흘째다. 오갈 때와 쉬는 시간에는 니트 모자를 써서 대충 넘겼지만, 그래서 더욱 달라붙은 머리가 비참할 지경이다. 다행히도 주위에는 모르는 사람들뿐이라 오늘 내 모습을 입학 후까지 기억하는 사람은 절대 없을 것이다. 괜찮다. 괜찮을 것이다.

복도 끝 화장실에 겨우 도착했다. 춥다.

화장실 출입이 잦다. 그런데 통증도 없고 화장실에 뛰어 들어가야 할 변화도 없으니 불가사의한 일이다. 항생제의 부작용일 것이다.

항생제. 보기에는 달콤한 소다 맛 사탕이나 다를 바 없는 그 흰 알약 안에 이런 강력한 작용을 하는 무언가가 들어 있다니. 그렇게나 작은 한 알에 이런 효과가 있다니. 누군가에게 배워 이해하고 싶다. 다른 사람에게 설명할 수 있을 만큼 잘 이해하고 싶다. 인문계에는 그런 수업이 없을까.

거울로 내 모습을 확인한다.

그래, 보기엔 그렇게 심하지 않다. 열흘 동안 목욕하지 않은 사람처럼 보이지는 않는다. 니트 모자에 손을 넣어 두피를 만진 다음, 그 손가락을 코에 대어보았다.

슬프다. 열여덟 살 여자애한테서 이런 냄새가 나는 건.

손끝을 바라보고 있던 나는 등 뒤 그림자를 느끼고 뒤를 돌아보았다. 화장실에서 나온 여자애가 나를 대놓고 쳐다보았다. 요즘 어디서 그런 옷을 파는지 묻고 싶은, 옷깃에도 소매에도 주름 장식이 달린 두꺼운 카디건을 입고 불만에 가득 찬 표정이었는데, 그애보다 지금의 나를, 남자들은 더 여자로 생각하지 않을 것이다. 아니, 남자들에게 인기가 있었으면 좋겠다는 그 마음을 사실은 잘 이해할 수 없다. 좋아하지도 않는 사람이 자기를 좋아한다고 해서 과연 기쁠까.

교실과 화장실을 왕복했을 뿐인데 손가락이 다시 뻣뻣해졌다. 스토브에 두 손을 따뜻하게 데우고, 자리에 앉아 편의점에서 사온 빵을 먹었다. 차가운 주먹밥을 먹으면 서글퍼지지만, 빵을 먹으면 원래 갖고 있던 슬픔이 배가되지는 않는다. 슬픔은 되도록 줄이자. 그것이 1월 수능에서 시작된 수험 생활에서 배운 것이다. 오늘로 몇 번째인지 세어보지 않아서 모르겠다. 아무튼 이걸로 끝이다. 이후 일정은 수능 결과에 달려 있다. 마지막 남은 그것에 행운이 있기를.

대각선 방향으로 뒤에 앉은 남자애는 보온 도시락에서 김이 폴폴 나는 된장국을 꺼내 후루룩 마시고 있다. 보온 도시락뿐만 아니라 따로 과일이 든 용기, 초콜릿까지 책상에 놓여 있다. 저런 기대감이 두렵지는 않을까. 어쩌면 저애가 직접 만들었을 가능성도 있지만, 파스텔 그린 색에서 엄마가 골랐다는 분위기가 풍긴다. 다 먹고 나자 그 남자애는 바로 흰 마스크로 얼굴을 감쌌다.

나는 오늘 아침 여섯 시 삼십 분에 일어나, 부모님이 깨지 않도록 조용히 준비를 하고 녹차를 넣은 보온병을 들고 나와 집 근처 편의점에서 빵을 세 개 산 다음 전철을 탔다. 시험이 있는 날엔 똑같은 과정을 거쳤다. 그것도 이젠 끝이다. 이십 분 후에 시작되는 소논문 시험을 마치고 나면 이제는 끝.

집에 가는 전철은 급행이었지만, 운 좋게도 앉을 수 있었다. 바로 휴대전화를 꺼내 마키린에게 문자를 보낸다.

"전화 고마워. 바다가 예쁘다. 수영했어?"

광속으로 날아온 답.

"와, 끝났어? 고생 많았어! 수영했을 리 없지. 무섭잖아, 상어랑 해파리랑 성게랑. 지금부터 바비큐 파티, 야호!"

"좋겠다, 고기도 먹고."

폴더폰을 닫았다. 4월이 되면 스마트폰으로 바꿔야지.

4월이 되면.

나는 어디서 뭘 하고 있을까. 매일 이 전철을 타고 다닐까. 합격 통지를 받은 제3지망 대학(제2지망은 이미 불합격 통지를 받았다)에 다니고 있을까. 왠지 즐거운 풍경이 떠오르지 않는다. 떠오르지 않는다는 건 실현되지 않는다는 뜻일까?

부정적인 생각이 자꾸 떠올라 머리를 흔들었다. 그러자 전철 안의 소란스러움이 갑자기 한꺼번에 귓속으로 들어온다. 주위를 둘러보니 다소 혼잡해진 길고 좁은 통로에서, 놀러 갔다가 집으로 돌아가는 가족들과, 놀러 가는 모양인 여자애들과 남자애들이 하하호호 웃고 있다.

으앙, 아이가 내는 울음소리. 여자애들의 애교 섞인 소리. 휴대전화 벨소리.

그렇구나, 토요일이구나. 세상은 주말이구나. 다들 즐겁게 놀기도 하고 편안히 쉬기도 하는 그런 날이구나.

나는 토요일에 가족과 함께 나들이를 해본 기억이 없어 세상 사람들에게는 그런 관습이 있다는 정도의 자각만 있다. 학교 친구들과 자주 놀러 가는 것도 아니고.

그리고 지금은 시험을 보고 집에 가는 길.

피곤한 머리로 건너편 가족이 들고 있는 디즈니 쇼핑백을 쳐다보다가 저절로 눈꺼풀이 내려왔다.

환승 터미널 역 에스컬레이터를 탔을 때, 문득 역 건물의 커다란 광고가 눈에 들어왔다. 밝게 빛나는 그 포스터 안에는 이 추위에 파스텔 톤의 꽃들이 흐드러지게 피어 있었고 뺨에는 핑크색 치크, 눈에는 속눈썹을 가득 붙인 여자애가 노란색 민소매 원피스를 입고 웃고 있다. 옷. 머릿속에서 갑자기 그 단어가 떠오른다. 옷. 쇼핑은 연말에 한 게 마지막이다. 패션 잡지도 제대로 보지 않는다. 어쩌면 봄옷들이 벌써 나와 있을까. 아니, 처분 세일을 하고도 남아 있는 폭탄 세일 옷들이 있을지도 모른다.

졸음이 밀려오는 멍한 머리로, 이상야릇한 빛을 뿜는 네온등에 끌려가는 나방처럼, 피리 부는 사나이를 쫓아가는 아이처럼(피곤해서 진부한 표현밖에 생각나지 않았다), 개찰구에서 바로 이어지는 역 건물 에스컬레이터로 발길을 옮겼다. 에스컬레이터에 오르자마자 금색 손잡이가 달린 유리문 저편의 풍경이 서서히 눈앞에 펼쳐졌다. 수많은 스포트라이트가 서로를 반사시키고 있었고 장식된 꽃과 옷들이 눈부실 만큼 빛나고 있었다. 나는 천국처럼 보이는 그곳으로 빨려 들어갔다.

발이 둥실 뜬 느낌으로 눈앞에 펼쳐진 요란한 옷가게로 들어간다. 평소에는 좀 더 실용적인 옷만 보는데 짧은 스커트와 시폰 블라우스가 예쁘게 느껴져 눈물이 날 것 같았다. 아아, 내가 시험장에 다니고 있는 동안에도 이렇게 예쁜 물건들이 만들어지고, 세상은 봄을 향해 전진하고 있었구나.

미키마우스가 그려진 티셔츠와 술이 달린 스웨이드 부츠 같은 것들을 만지작거리다 밖으로 나오는데 이번에는 통로 정면에 내게는 좀 비싼, 할리우드 스타들이 자주 다닌다는 가게가 보였다.

그렇구나. 여기에도 생겼구나.

스팽글로 장식된 가방과 복슬복슬한 털 소재의 웃옷에 시선을 빼앗기고 내 몸은 예언에 이끌리듯 그곳으로 향해 갔다. 그리고 가게 안에 들어선 순간.

두 여자의 얼굴이 내 시선 안으로 들어왔다. 점원과 즐겁게 대화를 나누며 면 원피스를 서로 대보는 여자애들.

내가 다니는 고등학교에서는 인기 많은 남자애들은 모두 축구부였다. 그리고 축구부 매니저는 인기 많은 여자애들로 구성된다는 게 암묵적인 규칙이었다. 그런데 내 눈앞에 바로 그 축구부 매니저인 사와키 유나와 소노다 사야카가 있었다.

나는 180도 몸을 돌려 걷기 시작했다.

눈에 띌 테니 뛰지 마, 마음을 가라앉혀. 여러 번 스스로 다짐하고, 가급적 몸이 기울어지지 않게 하면서도 되도록 빠르게, 난이도가 높은 그런 걸음으로 출구를 향했다. 머릿속에서는 이런 소리가 울려 퍼지고 있었다.

으아아아아아아아아!

미안합니다, 잘못했어요, 열흘이나 목욕도 안 한 몸으로 그런 데에 들어갈 생각을 하다니, 다 제 잘못이에요. 큰 실수를 했습니다. 미안합니다, 죄송합니다. 부디 부디, 나란 사실을 절대로 몰랐기를,

하느님, 제발이요. 진로가 정해질 때까지, 아니, 목욕을 세 번 할 때까지, 절대로 여자 옷가게를 기웃거리지 않을게요!

집에 도착하자 목욕을 한 시간 정도 하고 머리는 두 번, 몸은 세 번 씻었다. 냉장고에 남은 우유를 단숨에 마시고 이불 속으로 들어갔다.

꿈에 사와키 유나랑 소노다 사야카가 나왔다. 나는 패스트푸드점으로 보이는 곳에 신입 아르바이트로 들어갔고 그애들은 내 선배였다. 두 사람 모두 내게 일을 가르쳐준다. 내가 실수해도 결코 웃음을 잃지 않고, 누구나 다 실수하는 법이라며 점주 몰래 스몰 사이즈 콜라를 건넸다. 계산대에 서자 눈앞에 서 있는 손님이 우사인 볼트였다. 세계에서 최고로 빠른 남자. 빅 맥 다섯 개, 그건 알겠는데 그다음 말을 알아들을 수 없다. 영어도 프랑스어도 중국어도 아닌, 들어본 적 없는 울림의 언어였다. 볼트의 곤란한 표정을 올려다보며 당황하자 옆 계산대에 있던 사와키가 옆에서 도와주었다. 사와키는 내가 모르는 언어를 능숙하게 구사하고 있었다. 사와키가 헤드 마이크에 대고 지시를 내리자 소노다가 양상추를 뺀 빅 맥을 갖고 왔고, 그런 다음 셋이서 내가 모르는 언어로 즐겁게 대화를 나누기 시작했다. 우사인 볼트가 나를 가리키며, 나뮤기마, 그렇게 말했다. 그러고 나서 나게 양상추를 뺀 빅 맥을 하나 건넸다. 주위에서 박수 소리가 일었다.

눈을 뜨자 방 안은 캄캄했다. 커튼레일 틈으로 천장을 향해 아주 조금 밤의 불빛이 비쳐 들었다.

꿈의 기억을 더듬으며, 현실의, 학교에서의 사와키와 소노다의 모습을 떠올린다. 꿈이 아니더라도 둘 다 무척 착한 애들이다. 예쁘고 친절하다. 그런 사람으로 산다는 건 어떤 기분일까. 인기가 많은 여대 수시입학이라는 선택도 척척 해내고, 점원과도 스스럼 없이 대화하고, 그 원피스도 둘 다 어울리고, 그런 것들에 대해 티끌만큼도 주저가 없다.

부럽다든가 그렇게 되고 싶다든가 그런 감정이 아니다. 그런 사람들은 어떤 기분일까, 단지 그런 생각이 들 뿐이다. 화장이나 성형을 하면 외모는 어느 정도 바꿀 수 있겠지. 하지만 내면은 평생함께 간다고 나는 생각한다.

완전히 눈이 떠지자 말소리가 들려오고 있다는 걸 깨달았다. 문 저편에서 소곤소곤. 식탁에 엄마와 사촌언니 미즈에가 앉아 샤오롱바오와 대나무 잎에 싼 찰밥을 먹고 있었다.

"와, 상당히 부스스한데."

엄마보다 먼저 내가 나온 걸 안 미즈에는 인사도 없이 대뜸 그렇게 말하고는 웃었다. 나름 예쁜 얼굴이라는 생각은 드는데, 스물일곱이 되도록 변함없이 화장기도 없고 마른 몸에 헐렁한 황록색 야상을 입고 있다.

"언니. 다음 주에나 오는 줄 일았어."

엄마와 미즈에의 엄마는 자매이다. 두 사람이 무척 사이가 좋아서 미즈에는 고등학교 무렵까지는 우리 집에 자주 놀러 왔다. 일단 도쿄 사립 대학에 입학했는데, 다시 시험을 쳐 간사이에 있는 대학으로 옮기더니 그대로 사 년 가까이 오사카의 영화관에서 일하고 있다. 그 영화관이 지난 주말에 폐관하게 되어 앞으로 다른 일자리를 찾는다나. 요코하마에서 나고 자랐는데 간사이 지방이 더 맞는다면서 다음 일자리도 간사이에서 찾고 싶대, 며칠 전에 그런 말을 엄마에게서 전해 들었다. 미즈에의 부모, 다시 말해 내 이모와 이모부는 홋카이도로 이주했기 때문에 일주일 정도 우리 집에 머물면서 여기 사는 친구들을 만나고 싶다는 말도 들었다.

엄마는 댓잎 찰밥을 입에 가득 물고 웃었다.

"내가 잘못 알고 있었어, 아하하. 얼마나 깜짝 놀랐는지. 가게에서 말도 없이 만두 시켜 먹고 있잖아."

"맛있잖아, 만두."

엄마 아빠는 역 앞 상가에서 중화요리점을 하고 있다. 만두의 평판이 좋아 잡지에도 종종 실린다. 작년에는 텔레비전 방송도 탔다.

나는 만두는 질리도록 먹었기 때문에 이렇게 가끔 집에 들고 오는 메뉴로는 샤오롱바오나 깨찰떡을 좋아한다. 부모님은 집에서는 요리를 하지 않는다. 집 밥은 어렸을 때부터, 지금은 베트남에 일하러 가 있는 오빠와 내가 둘이서 함께 식비로 사거나 만들어 먹었다.

가게로 다시 갈 생각인지 엄마는 자리에서 일어나 나갈 준비를 했다.

"시험, 잘 봤어?"

예의상 물어보는 것처럼 엄마가 묻는다. 엄마는 내가 무슨 대학 무슨 학과를 지망했는지도 알지 못한다. 하고 싶은 걸 하면 되고, 정해지면 말하라고 한다. 수험료와 수업료는 준다. 그럭저럭 좋은 부모라고 생각한다.

"응. 아마도. 하지만 정하는 건 내가 아니니까."

그렇게 말하자 언니가 나를 가만히 보았다.

"정할 수 있어. 시험이라는 건, 기준 점수를 땄느냐 못 땄느냐 하는 것뿐이니까."

"그럼, 기준 점수는 땄을 거야, 아마."

언니는 활짝 웃었다.

엄마가 가게로 나가고 나서 언니가 물었다.

"무슨 공부를 할 거야?"

엄마가 앉았던 의자에 앉아 차를 마시고 있던 나는 조금 놀랐다.

"그런 말 물어봐준 건 언니가 처음이야."

"그래?"

"보통 다들 무슨 대학이냐 무슨 과냐 그것만 묻잖아. 주위 사람들도 어느 대학이 들어가기 쉽다더라, 무슨 학과는 취직이 잘 안 된다더라, 그런 말만 하고."

"대학은 공부하는 데잖아."

언니는 식탁 의자 위에 책상다리를 하고 앉아 엄마가 놓고 간 샤오롱바오를 손으로 집어 먹었다. 집안 내력이구나, 유전이구나, 그런 생각을 한다. 내가 사와키나 소노다가 아닌 건, 태어나기 전부터 정해져 있던 것인지도 모르겠다.

엄마도, 그 언니인 이모도, 대체로 덜렁대고 애교도 없다. 엄마는 가게에서 손님에게만 서비스 정신을 발휘하는데, 그건 역시 돈이 걸린 문제라서 그런 거겠지.

"언어문화라고 하나? 언어를 매개로 한 커뮤니케이션에 대해 공부하고 싶어. 그런 게 어떻게 성립할 수 있는지 알고 싶어서. 말이란 게 뭔가를 전달하기도 하지만, 거짓말도 하고, 오해도 생기잖아. 그런데 왜 사람들은 계속 말에만 의지하는 걸까 궁금해. 작년에 읽은 책이 재미있었는데, 그걸 쓴 교수님이 오늘 시험 본 대학에 계시거든."

"아, 그거 중요하지. 나 있지, 미학이나 예술학 공부를 하고 싶었거든. 작품을 만드는 게 아니라, 미란 무엇인가, 그런 거 말이야. 그래서 그 전공 있는 곳에 들어가니까 교수들이 다 르네상스와 중국 미술 전공자들이었어. 난 좀 더 현대 쪽을 해보고 싶었거든."

"그래서 시험을 다시 쳤구나."

"응. 하지만 다음 대학에 들어갈 무렵엔 흥미 대상이 바뀌어버려서 말이야. 결국 몽골어 같은 공부를 했지만."

"그렇구나. 언니, 몽골어 할 줄 알아?"

"아니, 전혀. 엄청 어려워."

나뮤기마, 꿈에서 들었던 말이 다시 떠오른다. 꿈에서 들은 말인데 이상하게도 또렷하게 기억이 난다. 어쩌면 세상 어딘가에 정말 존재하는 말일지도 모른다. 존재한다면 무슨 뜻일까.

야상 주머니에서 꺼낸 스마트폰 액정을 손가락으로 밀면서 언니가 물었다.

"친구 라이브 공연 보러 갈 건데, 같이 갈래? 고엔지래. 출연하는 건 아홉 시 넘어서."

"그럴 기운이 없을 것 같아. 아직 항생제 먹고 있는 중이라서."

"끌고 다니면 이모한테 혼나겠지? 그럼, 자. 자는 게 약이야."

"먹고 나서."

나는 하나밖에 남지 않은 샤오롱바오를 언니 흉내를 내어 손으로 집어 먹었다. 언니는 냉장고에서 캔 맥주를 꺼내 마시기 시작했다.

"아, 토요일에 이렇게 푹 쉬는 건 삼 년 만이야."

목으로 맥주 넘기는 소리를 내며 만족스러워하는 언니를 바라보며, 초등학교 3학년 학급회의 때 반 여자애들이 "구사노는 운동회 때 가족이 오지 않아서 불쌍했었거든요. 그래서 우리가 다 함께 같이 있어줄 생각입니다"라고 말하던 모습을 상당히 오랜만에 떠올렸다.

엄마 아빠가 학교 행사에 오지 않아도 나는 그다지 마음 쓰지 않았기 때문에, 불쌍하다는 소리를 듣고 깜짝 놀랐다. 그애들에겐 분명 토요일이 쉬는 날일 테고 그렇지 않은 사람은 상상할 수도 없을 테지. 아니, 그애들 역시 마음 깊이 불쌍하다는 생각을 하지는 않았을지도 모른다. 그저 '불쌍하다'는 말을 써보고 싶었던 게 아닐까.

언니가 나가고 나는 다시 이불 속으로 들어갔다. 눈을 감고 다시 한 번 우사인 볼트가 꿈에 나와 아까 했던 말을 이어서 해주었으면 하고 마음속으로 빌며 잠들었다.

이튿날 아침, 언니는 첫 전철을 타고 들어왔다고 한다.

나는 일곱 시에 삼 주 만에 상쾌한 기분으로 눈을 떠 아침 식사로 스팸과 양배추를 부모님 몫까지 볶았다. 엄마 아빠가 그걸 드시고 가게에 나간 다음, 언니가 일어나 나왔다. 과음한 얼굴이어서 된장국을 만들어주었더니 기뻐했다.

언니는 그다음 다시 한 시간 정도 소파에서 자다 일어나더니 스마트폰으로 누군가와 문자를 주고받고는 내게 물었다.

"근처에 사진 찍으면 재미있게 나올 만한 데 있어?"

"어떤 재미를 원해? 사회파? 네이처? 복고풍? 고양이?"

"네이처가 좋겠다."

언니는 하품도 크게 한다.

"사진 일 하는 친구가 오는데 같이 산책 갈래? 고등학교 동창이 가까운 데 살거든."

나는 머릿속으로 근처를 한 번 그려봤다. 그리고 오래된 신사로 이어지는 산책로와 공원에 대해 설명했다.

"그 중간에 햄버거 가게가 생겼어. 질 좋은 패티랑 아보카도 들어 있는 햄버거 먹고 싶다."

"좋았어, 사줄게. 합격 축하는 좀 더 거창한 게 좋을까? 아무튼 시험 끝난 기념으로 사줄게."

언니는 다시 하품을 하고, 목욕할게, 하고는 복도를 걸어갔다.

노란색 휘장이 눈에 띄는 햄버거 가게에 가족들과 연인들과 여자애들로 꽉 차 있어서 우리는 가게 밖 나무 베란다에 줄을 섰다. 오늘도 햇빛은 비치지 않았다. 차가운 바람 속에서 십오 분이나 기다리는 사이에 언니의 친구가 왔다.

"다카기입니다."

팔을 몸 옆에 찰싹 붙여 장소에 어울리지 않는 정중한 태도로 인사를 한 그 남자는 안색이 나빴고 왠지 듬직하지 못한 인상이었다. 키만 멀끔하게 컸다. 아웃도어 마크가 박힌 다운재킷은 오렌지색이었는데, 그 밝은색이 오히려 어색하게 보였다. 가방은 들지 않았고, 그 대신 두툼한 1안 반사식 디지털카메라를 어깨에 걸치고 있었다.

자리에 안내를 받은 후 그에게 물었다.

"사진작가세요?"

"조수예요, 잡일하는."

다카기 씨는 예의상 웃는 걸 잘 못하는 모양이었다. 사진 관련 일은 기자재가 무거워 힘들다는 얘기를 들은 적이 있어서 이런 마른 몸으로 제대로 할 수나 있을까, 처음 보는 사람이었지만 걱정이 됐다.

"다카기, 발로 막 맞는대. 찍기만 하면 상품이 된다는 유명한 사진작가한테."

"어, 그럼 안 되죠, 그럼 그만둬야죠."

"봐라, 한참 어린 애도 그렇게 말하잖아."

다카기 씨는 부끄러운 표정으로 고개를 숙였다. 그만두지 않겠지, 나는 그렇게 생각한다.

주문한 햄버거는 높이가 십오 센티미터는 되었고 패티 부분에서 육즙이 접시로 흘러나왔다. 두 손으로 겨우 베어 물자 고기의 향기로운 냄새와 아보카도의 기름이 입 안에서 섞였다.

"고기다."

"고기다, 고기."

나와 언니는 기뻐했지만 다카기 씨는 "맛있다"고 한 번 중얼거렸을 뿐이다.

"일요일 낮이 이런 분위기구나."

북적거리는 가게 안을 둘러보고 언니가 향수를 느끼는 것처럼 말했다. 가게 밖에는 아직도 사람들이 줄지어 서 있었다.

"세상에 얼마나 되는 사람들이 주말에 쉴까?"

내가 그렇게 말하자 언니는 가볍게 갸우뚱거리며 나를 보았다. 나는 계속 말했다.

"이 가게에서 일하는 사람도 있고, 전철이나 버스도 움직이고, 텔레비전이랑 라디오도 방송을 하고, 다들 놀러 가는 곳에도 일하는 사람들이 가득하잖아."

"평일에 쉬면 어딜 가든 한산해서 좋아. 할인 서비스도 많고."

언니는 접시에 가득 쌓인 감자튀김을 집으며, 여기저기서 불러 대는 바람에 허둥대는 점원을 바라보고 있었다.

멍하니 앉은 다카기 씨가 심심하지는 않을까 신경이 쓰여 물어보았다.

"사진 일은 평일이고 주말이고 상관없나요?"

"아뇨. 일하는 거래처가 주말에 쉬니까 역시 기본적으론 휴일입니다. 그래도 시간이 촉박한 일이면 그 때문에 우리도 월요일 아침까지 끝내야 하는 경우도 꽤 많고요."

다카기 씨는 다시 부끄러운 듯, 왠지 곤란한 표정을 짓는다.

세상은 두려운 곳일까? 텔레비전이나 인터넷에서 떠들어대는 것처럼 필사적으로 취직 활동을 해도 다 떨어질까? 과로사할 만큼 열악한 조건에서 월급도 제대로 받지 못하고 일해야만 할까? 우리

세대에겐 좋은 일이라곤 하나도 없을까? 미래는 어둡기만 할까?

어딘가 틈 같은 데라도 좋으니까 세상의 풍파가 비켜간 곳에서 가늘고 길게 살고 싶다. 두 달 후의 내가 어떻게 될지도 모르는 나는, 아직은 남의 일처럼 그렇게 생각한다.

일을 하고, 스스로의 힘으로 살아간다는 건 어떤 느낌일까?

"언니, 다음 일자리는 평일 쉬는 거랑 주말에 쉬는 거랑 어느 쪽이 좋아?"

"긴 여름휴가 받을 수 있는 일자리는 없을까?"

언니가 진지한 얼굴로 그렇게 말하자 역시 나랑 닮았다는 생각을 했다. 그리고 언니가 긴 여름휴가가 있는 일을 찾아낼 수 있기를 바랐다. 그러면 나 역시, 적어도 걷어차이지 않아도 되는 일을 할 수 있을 것 같았다. 쉬는 날이 무슨 요일인지는 따지지 않을 테니까요!

버스가 다니는 길가를 걸어 도착한 공원에는 까마귀만 큰 소리를 내며 날아다니고 있었다. 잎이 다 떨어진 나뭇가지가 찌푸린 하늘에 실루엣을 그리고 있었다. 인적은 드물었고 가끔 산책로를 스쳐 지나가는 사람들은 할아버지 할머니뿐이었다.

놀이기구가 있는 광장으로 나갔지만, 어린 여자애를 데리고 나온 부부가 있을 뿐 텅 비어 있었다.

"사람들이 적네."

"춥고."

언니는 체크무늬 머플러를 돌돌 고쳐 매면서 말했다.

"요즘 애들은 밖에서 안 놀아. 쉬는 날에도 부모랑 차 타고 쇼핑몰이나 아웃렛 같은 데 가지."

"아, 그렇지?"

나는 어제 시험 보고 돌아오는 전철에서 본 가족들을 떠올린다. 쇼핑백을 한껏 안고 가는 사람들.

"이럼 대체 뭘 하라는 거야?"

다카기 씨가 가리킨 간판에는 공원에서의 금지조항이 쓰여 있었다. 캐치볼을 포함한 모든 구기 운동, 라켓 등의 도구를 사용하는 운동, 자전거, 롤러스케이트, 스케이트보드, 불꽃놀이, 낚시, 악기 연습, 큰 소리로 떠들기.

"말도 안 돼."

언니 목소리는 머플러 안에서 우물우물 탁해졌다. 나는 텔레비전에서 본 뉴스를 떠올리고는 "근처 집들이 민원을 넣는대" 하고 적당히 증언했다.

"시끄러운 게 싫으면 공원 근처에서 살지 말든가. 나무하고 자연만 누리고 애들 목소리는 듣지 않겠다니, 엄청 이기적이다."

언니는 근처 집들을 노려보며 악담을 했다. 다카기 씨는 나와 언니의 대화를 듣고 있었지만, 아무 말 없이 광장을 둘러싼 나무들을 찬찬히 둘러보고 있었다. 그가 줄기 근처로 카메라 렌즈를 가져갔다.

가까이 다가가자 카메라를 든 다카기 씨가 나를 돌아보지 않고 말했다.

"참느릅나무네요."

나는 십오 미터는 됨 직한 그 나무를 올려다보았다. 줄기는 그리 두툼하지 않지만 단단해 보이는 나무. 하늘을 향해 뻗은 가지에는 잎이 하나도 남아 있지 않았다.

셔터를 누르는 소리가 울렸다. 셔터 소리도 초점을 맞추는 전자음도 조용한 공원과는 어울리지 않았다.

"나뭇잎도 없는데 참느릅나무인 걸 어떻게 알아요?"

다카기 씨는 이번에는 웅크려 앉아 마른 잎이 쌓인 곳으로 카메라 렌즈를 향했다.

"자주 보다 보면, 그냥."

방금 전까지 다카기 씨가 찍던 줄기는 나무껍질이 비늘처럼 벗겨져 듬성듬성 점 모양처럼 보였다. 혹시 이게 특징일까? 고등학교 정문 옆에 있던 플라타너스도 이런 느낌이었던 것 같은데.

"흥미를 느끼면 구별할 수 있게 되는 법이잖아요."

아이돌 그룹 멤버의 얼굴과 이름을 하나하나 일치시키는 것과 같은 이치랄까, 그렇게 이해하고 나는, 맞아요, 하고 고개를 끄덕였다.

뒤돌아보니 언니는 미끄럼틀 위에 서서 어딘가 먼 곳을 바라보고 있었다. 춥다 춥다 하면서도 바람이 부는 곳만 골라 서 있다.

우리는 조금씩 산책로를 걸었다. 폭 좁은 개울이 나왔다. 산책로
는 그대로 강을 따라 멀리까지 뻗어 있었다.

조금 걸어가자 작은 다리가 나왔다. 콘크리트로 양안이 평평하
게 다져진 강은 여름에 비해 수량이 적었다. 삼 미터 정도 아래로
보이는 강물에는 청둥오리가 세 마리 떠 있었다. 한 마리만 모양이
달라서, 색이 화려한 게 아마 수컷이었지, 생각하며 다리 난간에서
몸을 내밀어 쳐다보았다.

좌우 콘크리트 근처에는 잡초가 삐져나와 있었고, 물 안에는 물
풀도 보였다. 큰실말 같은 짙은 녹색의 물풀은 강의 흐름에 몸을
맡겨 흔들흔들 움직이고 있었다.

다카기 씨도 난간에 기대 강을 찍기 시작했다. 물을 찍는 건지
오리나 풀을 찍는 건지 알 수 없다. 언니는 이 산책 자체에 흥미를
잃기 시작한 듯, 반대편에 있는 집들에 대해 평론하기 시작했다.

오리를 눈으로 따라가던 나는 그 옆, 풀이 자란 부분과 강의 경
계 근처에 있는 검은 것을 발견했다.

"저기. 저, 오리 오른쪽."

언니도 내가 가리킨 끝을 보느라 얼굴을 내밀었다. 잠시 후 검은
덩어리는 물 안으로 침잠했지만, 하늘빛을 반사하는 물 아래에 무
언가가 있다는 것만은 분명히 확인할 수 있었다. 물고기가 아니다.

전체적으로 둥글었고 지느러미나 꼬리는 없고 반들반들했다.

"도롱뇽일까?"

"설마, 이런 데에?"

그런 말을 주고받는 우리 옆에서 다카기 씨도 잠시 열심히 쳐다보고 있다가 다시 카메라 파인더를 들여다보며 셔터를 누르기 시작했다.

"츠치노코야."

언니가 갑자기 단언했다.

"츠치노코?"

도시 전설을 소개하는 텔레비전 프로그램에서나 듣는 그 복고풍의 울림을 지닌 단어를 나는 되뇌었다.

"음, 그보다는, 예를 들어 나뮤기마, 라고 하는 편이 더 어울릴 것 같은데? 그래, 그 미끈미끈한 느낌. 나뮤기마 같아."

다카기 씨는 가까스로 "흐음" 하고 어떻게 생각하는지 알 수 없는 소리를 냈다. 그러나 그뿐, 무심히 강 쪽으로 카메라를 향했다. 난간 아랫부분의 파이프에 발을 대고 서서 허리부터 상반신은 강쪽으로 뻗어 피사체를 노렸다.

검은 덩어리는 가만히 움직이지 않고 있다. 츠치노코 설에 반대 의견을 낸 나는 언니에게 물었다.

"츠치노코는 헤엄쳐?"

"뱀이잖아."

"헤엄치는 건 물뱀뿐이잖아."

"헤엄쳐. 텔레비전에서 봤어."

그때 카메라가 "앗" 소리를 내는 다카기 씨의 손에서 빠져나와 공중에 떴다. 그리고 똑바로 강으로 떨어졌다. 첨벙, 하는 소리가 들렸다.

"아앗" 하고 나와 언니가 소리치는 동안 다카기 씨는 달려가 산책로를 따라 설치된 철책을 넘었다. 삼 미터 정도 아래의 그곳에는 콘크리트로 된 기슭에 배수관이 튀어나와 있었고 다카기 씨는 그 배수관에 겨우 발을 디뎌 강으로 내려가려고 했다.

그러나 그다음, 다카기 씨는 발을 디딜 데가 없어 수직에 가까운 기슭에 달라붙어 밑으로 질질 미끄러져 갔다. 그러곤 텀벙, 소리를 내며 엉덩이부터 강으로 떨어졌다. 오리들이 놀라 날아올랐다.

"다카기!"

언니가 불렀지만, 다카기 씨는 들리지 않는 모양이었다. 하반신이 푹 젖은 채 일어서더니, 찢긴 다운재킷에서 나온 흰 거위 털을 날리며 첨벙첨벙 물 안으로 들어갔다. 강은 다카기 씨 무릎 정도 되는 깊이였다.

방금 전까지만 해도 얌전했던 다카기 씨의 갑작스러운 변화에 나는 깜짝 놀랐다. 차가운 물도 강 아래 끈적거리는 흙도 다 잊고, 필사적으로 앞으로 나아가는 다카기 씨의 얼굴은 상기되어 붉은빛을 띠고 있었다. 크게 뜬 눈 때문인지 왠지 다른 사람처럼 보였다.

그렇게 소중히 여기는 무언가가 있다는 게 부럽다는 생각을 했다. 사진이 소중한 건지 카메라가 소중한 건지는 알 수 없지만. 위로 올라오면 물어봐야지.

카메라가 떨어진 곳에 도착한 다카기 씨는 물속에 손을 넣어 그것을 집어 올렸다. 내게는 잘 보이지 않았지만 아마도 망가졌을 것이다.

"너, 괜찮아?"

물이 뚝뚝 떨어지는 카메라를 두 손에 들고 여기저기 살피는 다카기 씨를 향해 언니가 소리쳤다.

나는 문득 생각이 나서 '나뮤기마'를 찾았다. 다카기 씨 발밑에서 검은 그림자가 움직이고 있었다. 물 아래 검은 덩어리가 다카기 씨의 발 옆을 지나 멀어져 간다.

"뒤쪽."

나는 나뮤기마를 가리키며 외쳤다.

"도망간다!"

검은 그림자는 우거진 잡초 아래로 숨어 들어가 어느새 우리의 시야에서 사라졌다.

海沿いの道

해안도로

뒹굴며 아— 하고 소리를 냈다.

오른손으로 오른쪽 귀를 막고 아— 했다. 이번에는 왼손으로 왼쪽 귀를 막고 아— 하고 조금 길게 소리를 냈다. 양손을 축 내던지고 천장을 바라보자 투명한 셀로판지를 꾸깃꾸깃 구긴 것 같은 빛이 흔들리고 있었다. 그 빛을 응시하면서 방에 어질러진 물건들을 잠시 떠올려보니, 옷가지가 든 투명한 비밀봉지를 아무렇게나 찌부러트려 던져둔 기억이 났다. 창문을 열어둔 탓에 바람에 굴러다니고 있을 것이다. 바람이 없진 않아도 찌는 듯 더워 티셔츠가 축축했다.

다시 한 번 오른손으로 오른쪽 귀를 막았다. 꼼짝 않고 들어봤다. 날카로운 소리가 났다. 끊길 것 같으면서도 실제로는 끊임없이 일정한 크기로 삐— 하는 소리가 연속적으로 이어진다. 오른손을 떼고 왼쪽 귀를 막자 들리지 않는다.

"와—"

소리를 바꿔보았다. 아주 조금, 다르다.

역시.

이비인후과에 가봐야겠다는 생각은 했지만 오늘은 토요일인 데다 벌써 정오다. 월요일엔 반드시 출근해야 하니 퇴근하고 나서야 병원에 갈 수 있을 텐데, 그쯤이면 이미 다 나아버릴지도 모른다는 생각을 하면서 일어났다. 발을 딛다가 투명한 비닐을 밟았다. 천장의 빛 역시 찌부러졌다. 찌부러진 소리가 귓속에서 웅웅 하면서도 동시에 끝이 콕콕 닿는 듯이 들려왔다.

땅동땅동, 연달아 울리는 단단한 소리가 귀 안쪽을 얼얼하게 만들었다.

"우짱—"

열려고 손을 갖다 댄 문을 억지로 밀면서 미코가 들어왔다.

"화장실 화장실 화장실."

그애는 빠르게 화장실 소리를 반복하며 내 얼굴은 보지도 않고 욕실로 뛰어 들어갔다. 팽개쳐진 편의점 비닐에는 페트병 사이다와 녹차와 초코 아이스크림이 들어 있었다. 녹을까 봐 아이스크림은 냉동실에 넣어두고 사이다는 맘대로 열어 마셨다.

"어, 멋대로 마시면 어떡해—"

욕실 문을 열고 미코가 소리를 질렀다. 쏴아, 하고 변기 물이 소용돌이치며 내려가는 소리가 들렸다.

"아아, 귀 아파!"

내가 과장되게 소리를 지르며 손가락으로 귓구멍을 막자, 미코가 놀란 토끼 눈을 하고 다가왔다.

"왜 그래? 귀가 아파?"

"어제 라이브 공연에 갔다가 또 도졌어. 소음성난청. 이비인후과 가야 하는데."

"우짱도 참, 다 큰 어른이. 아, 아이스크림은?"

냉동실을 가리키자 미코는 아이스크림을 꺼내 네모난 포장을 뜯었다. 점선이 뜯기는 소리가 둔탁한 게 잘 들리지 않는다. 바닥에 떨어져 있던 비닐봉지를 주워 쓰레기통에 던졌다. 천장을 올려다보니 더 이상 반짝이는 건 아무것도 없었다. 방금까지 있었던 그 어지러운 빛까지 휴지통에 같이 처박혔다. 휴지통에서 빛만 기어 나온다면 얼마나 재미있을까, 그런 생각을 하며 가만히 바라보았다. 휴지 조각 같은 빛의 덩어리가 바닥을 굴러간다.

미코는 아이스크림을 나눠주지는 않는다. 성격이 못돼서 그런 게 아니라 머릿속에 그런 회로가 없는 것 같다. 열아홉 살이어서 그런지도 모른다. 일곱 살이나 나이가 더 많은 나는 그런 것 때문에 화를 내거나 하지는 않는다. 미코의 긴 갈색 머리가 군데군데

젖어 있었다. 보디 샴푸 같은 냄새도 났다. 미코는 둥근 의자 위에 무릎을 세워 앉았다.

"가시와기군은 어쩌고?"

내 남자친구인 마사히코와 미코의 남자친구인 가시와기는 같은 대학 4학년이고 같은 맨션의 2층과 3층에 산다. 여기는 3층. 미코는 빈 상자를 휴지통에 던졌다. 상자는 휴지통 한가운데 놓였다.

"아, 맞다, 그 자식이 열쇠 가지고 나가버렸어. 바로 전화했는데 이미 전철을 탔다나 뭐라나. 자상한 구석이 눈곱만큼도 없다니까. 우쨩, 옷 좀 빌려줘."

미코가 일어나 멋대로 벽장문을 열고, 다시 멋대로 내가 사용하는 반투명 옷장 서랍을 열었다.

"그거 좀 빌려줘, 지난번에 입었던 핑크색 옷."

"핑크색?"

되묻는 동안 미코는 벌써 티셔츠를 끄집어내고 있었다. 핑크라기보다는 보라색에 가까운 마젠타색. 스웨트 셔츠를 벗고 갈아입으며 이번에는 미코가 물었다.

"마사히코는?"

실험, 나는 그렇게 대답했다. 무엇을 어떻게 실험하는지 세 번이나 묻고도 알아들을 수가 없어서 더 이상 묻지는 않지만, 9월이 되면 아침 여덟 시까지는 학교에 도착해야 한다고 했다. 미코는 아무 대답도 하지 않았다. 선명한 색깔의 티셔츠가 나보다 훨씬 잘 어울렸다. 검은 반바지 밑으로 뻗어 나온 다리의 끝은 맨발이었다.

"그 소음성난청이라는 거, 어떤 느낌이야?"

미코가 갑자기 물었다. 내가 한 말을 기억하고 있으리라고는 예상하지 못해서 조금 놀랐다.

"계속 귀가 막힌 느낌이고, 삐 소리가 계속 나. 삐― 하고. 그리고 기계음이 안 좋아. 귀가 아파. 전자레인지 돌렸다간 정말 미치⋯⋯"

"공연은 좋았어?"

"최고였어."

귀에 타격을 입히며 관통하는 기타 소리가 문득 되살아났다. 동시에 무거운 드럼 소리와 무슨 악기인지 구분이 가지 않을 만큼 많은 소리들. 바로 앞사람 등을 보니 라이브클럽에서 판매하는 검은 티셔츠를 입었다. 그 사이에서 기타 헤드에서 튀어나온 줄 끝이 흔들리며 빛났다.

"그럼 군소리 하면 안 되지."

미코는 쭈그리고 앉아 있나 싶더니 다시 일어나 남은 사이다를 마셨다.

"군소리 안 했거든요."

"그렇네."

눈을 동그랗게 뜨고 나를 보고 나서 미코는 스피커에 연결된 아이팟에 손을 뻗었다.

"너무 조용하면 기분이 꿀꿀해."

"야, 만지지 마."

나는 미코의 티셔츠 소매를 잡아당겼다. 그건 이미 미코의 셔츠지, 앞으로 내가 입을 일은 없을 것 같았다.

"아, 진짜."

미코가 투덜거렸지만 어쩔 수 없었다. 지금 상태에서 다른 음악을 들으면 내 머릿속에서 재생되고 있는 그 음악이 사라지고 만다.

미코는 불안한 듯 방 안을 배회하다가 침대에 올라가 열린 창문 밖으로 몸을 내밀어 아래를 내려다봤다. 얇은 커튼 사이로 하늘이 하얗게 보였다. 눈이 부시다. 귀뿐만 아니라 눈까지 이상해진 건지도 모른다.

밖에서 가끔씩 자동차 소리가 나는 것 말고는 아무 소리도 들려오지 않는다. 주위엔 집들이 빽빽이 들어서 있고 그 모든 집에는 사람이 살고 있을 텐데도 조용했다. 미코가 뒤를 돌아봤다.

"그럼 밖에 나갈래. 우짱, 자전거 빌려줘."

"내가 쓸 건데."

아— 진짜, 미코는 또 그렇게 말했다.

서향으로 난 복도에는 아직 햇빛이 비치지 않아 콘크리트의 서늘함이 남아 있었다. 미코는 옆방 초인종을 다시 연속해서 눌렀다.

"고토 씨이—"

꽤 시간이 흐른 다음 문이 열리고 이마 부분이 후퇴하기 시작한 은테 안경의 남자가 나타났다. 현관과 복도에 잡지와 만화책이 쌓여 있는 게 보였다.

"자전거 빌려줘."

"오늘은 좀……"

그렇게 말하고 고토 씨가 닫으려는 문을, 미코가 발로 찼다. 타앙, 소리가 울렸다. 그 울림은 아주 먼 곳에서 전해져 오는 소리처럼 서서히 내 귀 안에 스며들었다. 귀 안쪽 소용돌이 같은 곳으로 흡수된 소리는 몸속 어디에 쌓이는 것일까.

잡초가 자라난 맨션 앞 주차장에서 고토 씨는 공기주입기를 위아래로 움직이면서 내게 물었다.

"무슨 일 해?"

"사무요. 일반적인."

고토, 라는 이름은 몰랐지만 마사히코가 가끔 만화책을 빌리기 때문에 몇 번 인사를 나눈 적이 있었다. 무슨 일 하는 사람이냐고 마사히코에게 물었더니 잘은 모르지만 글 쓴다고 들었다고 했다. 나이는? 마흔쯤 되지 않았을까?

고토 씨의 회색 티셔츠 목 주위는 이미 땀으로 색깔이 짙어졌다. 이마에도 땀이 배어 있었다. 녹이 많이 슨 앞바퀴에 연결된 호스 끝이 제대로 잠겨 있지 않은 것처럼 보인다.

"어떤 회산데?"

"부동산 관련이요."

"남자친구는 학생이지?"

고토 씨는 충혈된 눈으로 나를 가만히 보았다. 졸린 표정이었다.

"네."

"돈 뜯어가는 짓은 안 해? 툭하면 밥을 사게 하거나, 아니면 몰래 지갑에서 돈 빼 가거나."

"아마도."

"그런다는 거야, 아니라는 거야."

"아마, 안 그럴걸요."

"난 가시와기한테 뜯겼어."

주차 블럭 위를 뛰어다니던 미코가 말했다.

"지난주에 같이 카레 만들었잖아. 맥주도 사러 가고. 그때 거스름돈 속이고 덜 돌려줬어."

"얼마나?"

나이 어린 여자애 돈을 뜯어가다니 당장 헤어져, 고토 씨가 없을 때 그렇게 말할 생각이었다. 미코는 다른 블록으로 뛰어 넘어갔다.

"천 엔."

고토 씨는 이번엔 공기주입기를 뒷바퀴에 연결하고 다시 팔을 위아래로 움직였다.

"조심해라. 점점 더 심해지는 법이니까."

"네엡."

미코는 왼팔을 높이 올렸다. 왼손잡이였다. 바로 위에서 햇빛이 내리쬐고 있었다. 그 빛에 반사되는 티셔츠의 마젠타색이 눈부셔 눈을 감았다. 잠시 동안. 어젯밤 세 시간 동안 있었던 곳은 지하였다. 라이트가 비춰 눈이 부신 곳이라 여겼는데 그래도 지하는 지하인 모양인지 눈이 어둠에 익숙해 있었다.

"우쨩, 뭐 해. 빨리 옷 갈아입고 와야지. 꾸물대지 말고."

미코가 갑자기 그렇게 말하며 쭈그리고 앉은 내 등을 떠밀었기 때문에 나는 균형을 잃고 앞으로 쓰러졌다.

계단을 내려가 보니 고토 씨는 이미 없었고, 머리와 스커트가 무척 긴 여자와 미코가 서 있었다.

"마츠리에 간다, 아자, 아자."

입 밖에 낸 내용과는 달리 미코는 언덕 아래를 멍하니 바라보며 힘없는 목소리로 말했다. 고토 씨의 자전거에는 결국 바람을 넣지 못했다. 대신, 그 여자 자전거 뒤에 태워달라고 했다.

"안녕하세요."

"안녕하세요."

서로 가볍게 인사를 나눴다. 눈 밑에 다크서클이 짙은 창백한 얼굴이었고, 눈썹은 그리지 않은 상태였다.

"니시카와입니다. 주부고요."

"저거, 니시카와 씨가 만드는 거야."

미코가 가리킨 가늘고 긴 옆쪽 2층 건물 처마 밑에는 3단짜리 파란 망사 건조대가 걸려 있었고 배를 가른 생선이 널려 있었다.

"다 되면 나눠줘."

"저도 맛보고 싶어요."

후후후 하고 니시카와 씨는 웃었지만, 우리가 먹을 수 있는 날이 올지는 미지수였다.

니시카와 씨의 자전거는 이륜 뒷바퀴 사이에 바구니가 놓여 있는, 할머니들이 많이 타는 종류였다. 그 큰 바구니에 미코가 들어가 앉자 자전거는 달리기 시작했다.

"너 참 가볍다."

니시카와 씨는 그 말만 하고, 인면 롱스커트가 걸리적거리는 듯 페달을 계속 밟았다.

나는 바퀴가 작은 마사히코의 접이식 자전거로 뒤를 따랐다. 핸들에서 바퀴까지 너무 멀어 안정감이 떨어졌기 때문에 이 자전거를 타는 게 싫었다. 이 주변은 길이 좁고 언덕이 구불구불한 데다가 툭하면 삼거리, 오거리 같은 어정쩡한 길들이 튀어나와 내리막길에서 속도가 붙기라도 하면 반사 신경이 둔한 나로서는 무서웠지만, 니시카와 씨의 자전거가 느린 덕분에 마음 편히 갈 수 있었다. 자전거 브레이크를 쥘 때마다 마찰음이 귀 안쪽에 울려 아팠다. 눈과 입과 코는 손대지 않아도 기능을 차단할 수 있는데, 귀만큼은 언제나 주위 소리를 듣고 있다. 잠을 잘 때조차.

"재밌다!"

바구니 안에 쭈그리고 앉은 미코는 얼굴을 들고 집들과 나무들과 하늘을 바라보고 있었다. 나뭇잎 색깔은 아직 밝았고 햇빛을 받아 빛나는 듯 보였다. 국도를 지나갈 때, 갑자기 많은 사람들이 웅성거리는 소리가 들렸다. 하지만 곧바로 들리지 않게 되었다. 눈에 보였던 것은 '시야에서 놓치다'라고 하는데, 귀에 들리던 것은 뭐라고 하지?

언덕이 끝나는 곳엔 옛날부터 자리한 작은 상점가가 있다. 거기서 바로 역 건물이 나온 다음, 커브를 그리는 선로가 보이고 건널목을 건너면 절이 나온다. 꽤 오래된 절인가 본데, 주말마다 이 동네를 다닌 지 석 달이 다 되어가는 이제야 비로소 이 절에 들어간다. 절집의 모습을 제대로 본 것도 처음이다. 사람들이 붐볐다.

"마츠리 마츠리 마츠리."

미코가 노래하듯 반복하자, 조금 떨어진 모퉁이, 셔터를 내린 빈집 옆에 자전거를 세우고 다가온 니시카와 씨가 말했다.

"마츠리가 아니라 엔니치야."

"뭐가 다른데?"

"오미코시* 메고 행진하질 않잖아."

---

* 御神輿. 신위를 모신 가마.

전철 건널목에서 경고음이 났다. 뒷길에 들어온 다음이라 다행이었다. 귀가 멀쩡한 날이라도 저 소리를 바로 옆에서 들으면 미칠 것 같다는 생각을 했다. 전철이 달려가는 소리는 땅바닥까지 울렸다. 급행이 멈추지 않는 역이었다.

경내를 둘러싸듯 많은 거목들이 서 있어, 그 가지와 잎이 한데 어우러진 덩어리가 마치 작은 산처럼 보였다. 경사진 곳이라 원래는 자그마한 산이었을지도 모른다는 생각이 들었다. 짧은 돌계단을 올라가 그 끄트머리에 있는 문 바로 안쪽부터 포장마차가 줄지어 있었다. 붉은 천막과 노란 천막이 몇 개인가 이어지고, 건너편 자갈이 깔린 광장에 흰 천막과 파란 비닐 돗자리로 급조한 가게들에는 도자기와 기모노와 작은 서랍장이 진열되어 있었다. 재 올리는 날에 주말이 끼면 사람들이 많죠, 니시카와 씨가 말했다. 하지만 흰 비닐봉투를 여러 개 들고 돌아다니는 사람들은 대부분 평일에도 한가해 보이는 연령대였다.

"뭐 좀 먹을래?"

"아니."

미코는 부유하는 것 같은 발걸음으로 무엇을 보고 있는지 알 수 없었다. 달콤한 냄새가 났다. 아이들이 먹는 음식이다.

"나 그릇 모으는 거 취미인데."

니시카와 씨가 광장 한가운데 있는 도자기 그릇 가게 앞에 쭈그리고 앉았다. 야채 가게 앞 가판대처럼 비스듬히 놓인 베니어합판 위에 도자기가 겹쳐 놓여 있었다. 골동품이 아니라 산지에서 직송한 저렴한 물건들이었다. 쭈그리고 앉자 길고 긴 머리카락이 자갈이 깔린 땅에 끌렸지만, 니시카와 씨는 별로 신경 쓰는 기색 없이 작은 연두색 사각형 접시를 뒤집어 보고 있었다.

"어떤 걸 좋아하세요?"

"녹색이면 뭐든."

이번에는 안쪽의, 소나무가 그려진 큰 접시를 집어 들었다. 그다음엔 내 존재는 완전히 잊은 것처럼 오로지 도자기만 들어 올렸다 바라보기를 되풀이하고 있어서 시간이 끝없이 걸릴 것 같다. 둘러보니 미코는 어느덧 경내 깊숙한 곳에 있는 연못 앞 벤치에 앉아 있었다. 나는 본당 앞까지 가서 처마 안쪽, 나무가 짜 맞추어진 부분을 바라보며 그 예스러움과 정교함에 감동을 받았다. 파란 비닐 돗자리에 중고 서적과 목각 인형을 진열한 가게에서 한참을 바라보다 일어서자, 쪽빛 승복을 입은, 승려인 듯한 아저씨가 미코에게 말을 걸고 있는 게 보였다. 그쪽으로 걸어가자 아저씨는 미코를 뒤로하고 주차장을 향해 걸어갔다.

"누구야?"

"전에 알바 하던 가게 손님."

스님이 손님이라니 무슨 알바를 했던 거지? 궁금했지만, 미코의 시선 끝에 커다란 금빛 잉어가 헤엄치는 게 보여 묻는 걸 잊고 말왔다. 금색 잉어가 몸을 비틀어 탁한 수면을 헤엄쳐 다가왔다. 연못 물이 잉어 위쪽에서 점액질처럼 볼록 솟아올랐다. 입을 둥글게 벌리고 물과 공기를 한꺼번에 빨아 마시고 있었다. 가지가 구부러진 녹나무 그늘 때문에 연못은 어두침침하고 수심이 무척 깊어 보였지만 실제로는 얕을 것이다.

불현듯 생각이 나서 오른손으로 오른쪽 귀를 막았다. 삐— 하는 신경을 긁는 희미한 소리가 계속 났다. 시끄러운 곳에 있으면 다른 소리에 묻혀 이명을 잊어버리고 만다. 어젯밤 라이브 공연도 잊고 있었다. 아직 열두 시간밖에 지나지 않았는데. 평생 잊지 못할 엄청난 경험을 했다고 그렇게나 감동을 했는데. 맨 앞줄에서 밀치락달치락 하는 땀투성이 사람들 사이로 겨우겨우 무대를 올려다봤을 때, 무대와 플로어 경계에 있는 판자가 위아래로 흔들리는 게 보였다. 한 덩어리가 된 관객들의 움직임에 맞춰 빠른 호흡처럼 흔들렸다. 기타리스트는 무대에 드러누워 배 위의 기타를 쥐어뜯었다. 갈라진 소리가 마이크를 통해 좁은 공간을 가득 메웠다.

미코는 잉어의 움직임을 눈으로 따라가고 있었는데, 잉어가 첨벙 하고 뛰어올랐다가 보이지 않게 되고 그 파문도 사라져버리자 미련 없이 노점 쪽으로 걸어갔다.

"저거 예쁘다."

미코가 손가락을 들어 똑바로 가리켰다. 광장 끝에 플라스틱 옷장 서랍을 나란히 놓고 그 위에 지저분한 천을 깔았을 뿐인 가게가 있었다. 주인으로 보이는 아주머니는 의자에 앉아 문고판 책에 코를 박고 있어 장사할 마음이 있는지 없는지 분간이 안 됐다. 천 위에 대충 놓인 물건들 가운데 유리그릇이 있었다. 아이스크림을 올려놓으면 딱일 것 같은 자그마한 그릇이었는데, 연한 녹색의 두꺼운 유리는 모양이 일그러졌고 기포가 들어가 있었다. 한마디로 이런 고물상에서 흔하게 발견할 수 있는, 백 년 전쯤 만들어진 분유리 제품이었다.

"아름다운 걸 만들 수 있는 사람은 참 대단한 거 같아."

미코는 웅크리고 앉아 짧은 손가락으로 유리그릇 가장자리를 집어 두께를 확인했다.

"쓸모 있는 건 보면 바로 알 수 있지만, 아름다운 건 잘 알 수 없잖아. 그러니까 그런 걸 만들어낼 수 있는 사람도, 아름다운 것 자체도 대단하다는 생각이 들어."

목소리는 분명했지만, 내게 하는 말인지 아주머니에게 하는 말인지 알 수 없었다. 가만히 움직이지 않는 미코의 예쁜 정수리 가마를 내려다보며, 나는 어쩌면 들리지 않을지도 모른다고 생각하며 말했다.

"그런 마음은 대체 어디서 오는 걸까 싶어."

미코는 반응하지 않았다. 나는 계속 말했다.

"어떻게 저건 아니고 이건 아름답다는 걸 알 수 있는 걸까."

전에 대학 수업 때문에 가본 이즈미시 구보소 기념 미술관에서

'천성千声'과 '만성万声'이라는, 남송 시대 청자 한 쌍을 본 적이 있다. '만성'은 국보고 '천성'은 중요 문화재였다. 둘 다 물에서 갓 꺼낸 듯 매끄러운 곡선을 그리고 있었지만, 목 길이와 몸통 두께와 손잡이 부분의 균형이 달라 한눈에 다른 작품인 걸 알 수 있었다. 첫눈에 좋았던 것이 '만성'이었는데, 교수님께서 국보와 중요 문화재의 차이가 어디에 있는가 하면 그것은 '만성'이 더 아름다울 뿐, 더 이상의 이유는 없다고 설명했다. 그런 감각이 존재하기 때문에 여기서 팔리는, 누군가가 버린 것이나 다름없는 물건에도 가격이 붙는다. 이름이나 보증서만으로 사는 사람도 많겠지만.

무슨 일인지 미코는 그릇을 들어 올리지도 않고 그저 가만히 손가락으로 유리의 둥근 테두리를 쓰다듬기만 했다. 예상대로 듣고 있지 않았구나 싶었는데 "그런 건 언제부터 알게 되는 걸까" 하고 내 쪽은 보지도 않고 중얼거렸다.

"그거, 사줄까?"

얼떨결에 한 말이었다. 가격도 모르면서. 장사할 의욕이 없어 보이는 이런 가게에서는 깜짝 놀랄 만큼 비싼 가격을 부르기도 한다. 그리고, 좋다 싶은 물건은 역시 가격이 비싸다. 옷이든 그림이든, 그 무엇이든. 그러고 보면 음악과 영화는 모두 같은 가격이라 참 착하다. 공연은 좀 비쌀 때도 있지만.

"필요 없어."

아주머니는 여전히 문고판 책에 시선을 고정하고 있었지만, 미코의 그 목소리에는 반응한 기색이 느껴졌다.

"왜?"

"이게 어딘가 존재한다는 걸 아는 것만으로도 됐어."

그러고는 자리에서 일어나 "실컷 봤잖아" 하고는 뒤도 돌아보지 않고 사람들 속으로 걸어갔다. 나는 사람들이 덜 모인 노점들을 차례로 들여다보고 가늘고 긴 노란색 유리 꽃병을 샀다. 천오백 엔짜리를 천삼백 엔으로 깎았다.

니시카와 씨는 올 때 가지고 온 것처럼 보이는 천 주머니에 산 것들을 넣었지만, 포장을 뜯는 게 귀찮다며 보여주지는 않았다.

"뭐 먹지 않을래?"

"응."

아까 내가 물어봤을 땐 필요 없다고 해놓고, 미코는 앞장서서 포장마차들이 있는 쪽으로 걸어가면서 '고구마 스틱'이라 쓰인 빨간 천막을 가리켰다.

"저거 사줘."

고구마를 껍질째 세로로 잘라 튀기고 소금을 뿌린 그것은 맛이 있었다. 수분이 없는 데다 하나만 먹어도 배가 불러 세 사람이 한 컵씩 산 걸 후회했지만, 니시카와 씨와 미코는 순조롭게 차례로 입에 넣어 모두 다 먹어치웠다. 나 혼자 종이컵에 두 개를 남긴 채 절 밖으로 나왔다.

니시카와 씨는 자전거 앞 바구니에 전리품인, 깨지기 쉬운 물건이 들었을 주머니를 신중하게 넣었다. 머리카락 답답하지 않을까, 다시 그런 생각이 들었다. 미코는 자판기에서 물을 사고 있었다.

"히구치 씨."

뒤돌아보니 사십 대 후반쯤으로 보이는 덩치 큰 여자가 서 있었다. 그 옆에 더욱 덩치가 큰, 골프웨어를 입은 아저씨가 있었다.

"역시 히구치 씨다. 내가 눈은 좋거든. 잘 지냈어? 루미나도 여대생이 됐어, 히구치 씨 덕분에."

"아, 아아, 오랜만이에요."

"스기나미에 살지 않았나? 요코하마로 이사한다고 했던가? 벌써 취직했지? 무슨 일 해? 루미나 아빠, 히구치 씨야. 루미나 과외 해주던."

"그랬나? 아, 맞다, 그랬지."

오자와 부부는 칠복신 중 하나 같은 복스러운 웃음을 짓고 나를 둘러싸듯 섰다.

"골동품을 모으다 보니 이런 데까지 출장을 왔지 뭐야. 근데 건질 만한 물건이 별로 없어. 그때, 한창 집을 짓고 있었잖아? 요즘 거실을 오래된 민가풍으로 장식하는 데 푹 빠져서. 이마리야키 컬렉션을 어머니가 소장했었거든……"

오자와 댁 아주머니가 자랑거리인 골동품들을 하나하나 설명하기 시작했을 때, 미코가 돌아왔다.

"누구셔?"

"대학 때 과외 해준 여자애 부모님이셔."

"안녕하세요?"

미코는 묘하게 예의바른 태도로 다리를 모아 인사를 했다.

"어머, 그거 좀 보여주면 안 될까?"

오자와 댁 아주머니는 말이 채 끝나기도 전에 내가 들고 있던 비닐에서 삐져나온 노란색 꽃병을 잡아당겼다. 니시카와 씨와 미코는 니시카와 씨의 자전거에 기대, 오자와 댁 아저씨는 오른손에 든 자동차 열쇠를 찰랑찰랑 흔들며 사태의 추이를 지켜보고 있었다.

"이거야, 이거. 바로 이런 걸 찾고 있었어. 풍수지리 선생님이 목이 길고 노란 화병에 동전을 넣어 서쪽 계단에 두라고 하셨거든. 그러면 돈이 모인다고. 근데 아무리 찾아도 안 보이는 거야, 노랗고 목이 긴 화병이! 엄청 찾아다녔는데 여기 있었구나. 얼마였어?"

"천삼백 엔이요."

"진짜? 그렇게 싸? 전번에 본 거 사지 않길 다행이다. 이십만 엔 손해 볼 뻔했네. 저기, 이거 나한테 좀 팔지 않을래?"

"사람 참, 예의 없이, 하하하."

"그걸 모른대요? 보답은 할게. 히구치 씨, 지금 시간 있어?"

아주머니는 서프라이즈 선물을 감추고 기뻐하는 사람처럼 물었다.

"우리 여기 들른 다음 하야마에 있는 친구 레스토랑에 가는데,

그 있잖아, 전에 갔었던 그 레스토랑. 새 단장이랄까, 옆에 새 건물을 증축했는데 이탈리아 건축가가 설계해서 잡지에도 실렸고 눈앞에 펼쳐진 바다만 봐도 최고야! 우리가 밥 살게. 친구들이랑 같이 가도 좋고."

"그거 좋은 생각이네. 젊은 여성분들 데리고 가면 좋아할 거야. 그 자식, 아직도 여자들한테 인기 끌고 싶어 하니까, 하하하."

아저씨의 낮지만 무겁지 않은 웃음소리는 향수를 느끼게 하는 건 결코 아니었지만 어떤 시간의 기억을 또렷하게 되살리는 울림이 있었다.

"이거 똑같은 거 하나 더 팔고 있어요."

나는 가급적 정확한 발음으로 말했다.

"본당 바로 앞 노점이요. 방금 전에 봤으니 아직 있을 겁니다. 초대는 감사합니다만, 저흰 가지 못합니다. 말씀은 고맙습니다."

기세 좋게, 땅에 머리를 박듯 인사를 했다. 주위가 흔들리는 감촉이 어젯밤 느낌과 똑같다는 생각을 했다. 머리를 흔들어 귀 안쪽에서부터 회전해 들어가는 듯한 느낌. 뭔가 중요한 걸 떠올린 기분이 들어 기뻤다.

오자와 댁 아저씨와 아주머니는 순간 서로를 마주봤지만, 아주머니는 바로 웃는 표정을 지었다.

"어머, 그래? 루미나도 만나고 싶어 할 텐데."

"네. 안부 전해주세요."

나는 다시 한 번 머리를 숙였다.

"그럼 잘 지내."

"안녕히 가세요."

우리는 역을 향해 걸었다. 미코가 다른 친구를 만나러 가겠다고 해서 요코하마행 붉은 전철이 다가올 때까지 개찰구에서 기다렸다가 배웅했다. 남겨진 나와 니시카와 씨는 나란히 자전거를 끌고 언덕을 올라갔다. 가장 급격한 경사를 오르는 도중에 니시카와 씨가 말했다.

"저, 하야마에 엄청 가보고 싶은 가게가 있어요. 천연효모 빵집이요. 부탁하면 태워다줬을까요?"

"그 사람들 운전하는 차에 탔다간 위험해요."

나는 그렇게 말했다. 니시카와 씨는 그제야 알겠다는 듯이 크게 고개를 끄덕였다.

"그래서 안 갔구나."

"그렇다니까요. 진짜 아슬아슬하다니까. 위험천만이에요."

"기운이 넘친달까, 유쾌한 사람들이네요."

"엄청 좋은 알바 자리였죠. 시급도 좋고, 매번 저녁밥에 간식 나오지, 초밥 집에 데려가준 적도 있고. 네, 유쾌했죠."

언덕을 신나게 내려가는 자전거가 스쳐 지나갔다. 가장 더운 시간이었다.

기대와 달리, 니시카와 씨가 집에 불러 말린 생선을 맛보게 해주는 일은 없었다. 우리는 맨션 아래 주차장에 쭈그리고 앉아 잠시 얘기를 나눴다.

"그건 어떻게 하면 낫죠?"

오늘은 소음성난청 때문에 잘 들리지 않는다는 말을 했더니, 니시카와 씨는 자기 귀에도 변화가 생긴 것 같은 기분을 느끼는지, 손으로 귀를 막아보고 침도 삼켜보면서 이야기를 들었다. 나도 변함없이 귀를 앞으로 구부려보기도 하면서 때때로 이명을 확인했다. 좀 나아진 것 같기도 하고 그렇지 않은 것 같기도 하다.

"처음 발병한 건 중학교 3학년 때였어요. 코에 관을 넣어 귀로 공기를 뺐죠. 코 안쪽에서 보글보글 공기가 빠져나가는 소리가 들리고, 반고리관이 어쩌고 하는 얘기는 못 알아들었지만 주위가 빙 돌면서 완전 멀미할 것 같더라고요."

천장과 녹색 바닥과 치과 라이트 같은 강한 빛의 조명 기구가 엄청난 속도로 빙빙 돌던 광경이 머리를 스치고 지나갔다. 멀미를 하긴 했지만 다시 한 번 체험해보고 싶은 마음도 들었다.

"아, 난 절대 못 참아요. 어렸을 때 놀이공원에서 둥근 회전 기구를 모르고 탔다가 일주일은 제대로 서 있지도 못했어요."

니시카와 씨는 서른다섯 살이라고 했는데 계속 내게 존댓말을 했다. 남편과 친정어머니와 함께 살고 있고 남편은 국가공무원이라는데 그 이상은 아직 비밀이었다.

"그런데 공기를 통과시키는 것만으로는 치료가 제대로 안 된 모양인지, 고등학교 들어가서 다시 도졌을 때 다른 이비인후과에선 스테로이드제를 먹어야 낫는다더군요."

나는 난청에 대한 설명을 계속했다.

"치료가 끝나고 청각 검사를 해보니, 그게 원인인지는 알 수 없지만, 들리지 않는 영역대가 있다고 들었어요."

"아, 청각 검사, 그거죠? 옛날 까만 전화기의 귀에 대는 부분처럼 생긴 거에서 삐— 소리가 나면 손을 드는."

"그런 것도 있었죠. 병원에선 좀 더 면밀하게 검사했어요. 전화박스 같기도 하고 초소형 녹음 부스 같기도 한 어떤 데 들어가서 헤드폰을 끼고 손에 쥔 버튼을 누르는 거예요."

"폐소공포증이 있는 난 절대 못하겠네요. 생각만으로도 등줄기가 찌릿해요."

귀 뒤에 청진기 비슷한 걸 갖다 대는 골전도 검사에 대해서도 얼마나 재미있는지 설명하고 싶었지만 화제를 바꾸기로 했다. 내가 하고 싶은 말만 하는 건 인간으로서 예의가 아니다.

"니시카와 씨는 요리를 잘하시나 봐요."

"왜요?"

니시카와 씨가 경계하는 표정을 지었기 때문에 혹시 잘못 물었나 싶어 조심스럽게 대답했다.

"말린 생선……"

"아, 그거. 말리는 건, 그게, 제가 실험 같은 걸 좋아하거든요. 천연효모 빵도 실험 비슷한 거죠. 효모 만드는 법 알아요? 난 대체로 사과나 포도로 만드는데요."

"그냥 마트에서 파는 사과나 포도 말인가요?"

"네, 그냥 마트에서 파는 사과나 포도요. 맨 처음 이 정도쯤 되는 병을 준비해서 끓는 물에 소독을 해요."

"아하."

덜렁대는 나로서는 서툰 일들뿐이어서 앞으로 효모 빵을 만들 일은 없겠다 싶었지만, 오늘은 오자와 부부를 만난 다음이기도 해서 빵이 구워지기까지의 모든 공정을 얌전히 들었다. 땀이 목덜미를 타고 등으로 흘러내렸다. 초록이 한층 짙어진 잡초가 바람도 불지 않는 건조한 땅바닥에서 위를 향해 곧장 자라고 있었다.

밤이 되도록 마사히코가 돌아오지 않았기 때문에 방바닥을 뒹굴며 멍하니 시간을 보냈다. 미코도 가시와기도 집에 들어온 기척이 나지 않았다. 옆집 고토 씨 방에서 문을 여닫는 소리가 가끔씩 들려왔다. 만화책을 빌리러 갈까 하다가 그만두었다. 가급적 소리를 듣고 싶지 않아서 텔레비전도 켜지 않았다. 눈을 감고 스물네 시간 전 공연의 소리와 빛을 되살려보려 애썼다. 잠들어버릴 것 같아 도중에 눈을 떴다.

그때 중학교 3학년이었던 오자와 씨네 외동딸 루미나에게, 여름 방학에 어디 가니? 하고 물어본 적이 있었다. 딱히 의도가 있어서가 아니라 여름방학이라서 물어봤을 뿐이다. 루미나는 엄마랑 친구랑 친구 엄마랑 로마와 이탈리아에 갈 거라고 했다. 로마도 이탈리아야 하고 고쳐주고 싶은 마음도 들지 않았다. 루미나는 공부를 싫어한다기보다는 그저 흥미가 없었기 때문에 모르는 게 많았다. 밝고 솔직하고 붙임성 좋은 성격이라 내가 뭘 가르치든 감탄하며 들어주었지만 바로 잊어버렸다. 관광은 어디어디 돌 거야? 하고 물었더니 로마와 이탈리아 둘 중 어디가 멀어? 하고 되물었다. 나는 속눈썹이 긴 커다란 눈으로 나를 바라보는 루미나의 얼굴을, 그때 처음 만난 사람 같다고 생각하며 물었다.

"세상에 내가 아직 모르는 곳이 많구나 싶을 때, 호기심이 일지 않니?"

"모른다는 것 자체를 모르니까 괜찮아."

루미나는 기쁜 듯 미소를 지었다. 이애는 정말 이대로 쭉 괜찮을 테고, 어디에 있는지조차 모르는 곳에도 가벼운 마음으로 갈 수 있겠구나 생각했다. 한 달 후 면세점에서 산 샤넬 화장품을 선물로 받았다. 나는 화장품을 쓰지 않아 친구에게 주었다.

머릿속에 분명히 공연 때의 음악이 울리는데, 이걸 저장해서 듣고 싶을 때마다 재현할 수 있는 방법은 없을지 계속 생각했다. 아마 조금씩 잊어버리고 시디 소리인지 라이브 소리인지 분간이 가지 않게 될 것이다. 그리고 어제 라이브 공연 실황을 녹음한 시디가 시판되고 그걸 들어버리면, 그 순간 내 속의 소리가 사라져버리고 말 것이라고 생각했다. 지금은 내 안에 분명히, 어딘지는 알 수 없지만, 내 몸속 어딘가에 이 소리가 존재하고 있는데 말이다. 이명은 잦아든 것 같아서 몇 번이나 귀를 막아보았다. 작게 계속 들리는 금속음이 사라지지 말기를 빌었다.

하지만 그렇게 생각하는 건 내가 아직 약하기 때문이다.

대학교 4학년이 되기 전 봄방학, 루미나의 고등학교 입학 축하 식사 자리에 초대를 받고 오자와 씨 부부와 장녀 루미나와 은색 차를 타고 하야마에 갔다.

절벽 아래로 바다가 내려다보이는 레스토랑을 나와 아주머니가 운전을 하고 십 분쯤 지났을 때, 루미나가 주스를 마시고 싶다고 해서 편의점에 들렀다. 아저씨와 루미나와 내가 먼저 차에서 내리고 짧은 횡단보도 앞 자동문을 통과하려는 순간, 뒤에서 부웅 하고 공기가 잡아당겨지는 느낌과 함께 콰앙 하고 충격을 동반한 소리가 울려 퍼졌다. 내 머리에는 자동판매기가 옆으로 쓰러진 그림이 떠올랐는데, 뒤돌아보니 방금 전까지 내가 타고 있던 은색 독일 차가 골목 건너 노란색 옆집 모퉁이를 박은 상태였다. 실내등이 점등해, 부풀대로 부푼 새하얀 에어백과 거기서 피어오르는 흰 안개 같은 연기를 비추고 있었다. 헤드라이트는 자동차가 박은 집 정원에 있는 아직 꽃망울이 터지지 않은 벚나무를 밑에서부터 비추고 있었다.

문이 열리고 아주머니가 내렸다. 천천히 움직였지만 멀쩡했다. 아주머니는 우리 쪽을 돌아보며 말했다.

"괜찮아."

그리고 아주머니는 차 앞쪽을 들여다보았다. 멀리서 보기에 차의 외형은 망가지지 않은 것처럼 보였다. 지나가던 사람들과 근처 집에서 나온 사람들은 골목 양끝 모퉁이에서 더는 다가오지 않았다. 아파트 창에 불이 들어오고 사람 그림자가 보였다.

아저씨가 걸어갔기 때문에 루미나와 나는 그 뒤를 따랐다. 아주머니는 팔짱을 끼고 양옆으로 몸을 흔들며 차를 바라보고 있었다.

"루미나 아빠, 이 차, 문제 있는 거 아냐?"

"범퍼가 찌부러졌네."

"그게 아니라, 난 오른쪽으로 좀 붙여서 주차할 생각이었는데 이러는 건 좀 이상하잖아."

"그야 그렇지. 이상하지."

"엄만 어리바리하게 굴 때가 있다니까."

루미나는 부딪친 노란색 벽 아래에 흩어진 헤드라이트 파편들이 반짝반짝 빛나는 걸 흥미진진하게 바라보고 있었다. 편의점에서 줄무늬 유니폼을 입은, 점장처럼 보이는 남자가 달려왔다.

"괜찮으세요?"

"아아, 웬걸 이 차가, 갑자기 멋대로 움직여버리지 뭐예요. 이래서 외제 차는 믿을 수가 없다니까."

아저씨는 운전석에 상반신을 집어넣어 차 안을 살피고 얇은 종이를 꺼내 보더니, 휴대전화로 어딘가에 전화를 걸었다.

"아, 다카하시? 차가 급발진을 해서 충돌했는데, 집에 금이 좀 갔어, 이거 보험 처리 되지? 집? 아, 별거 아냐, 금이 좀 갔을 뿐이야."

비교적 널찍한 집들이 모인 조용한 동네에, 얼굴에 드러나지는 않았지만 분명 취기가 올라 있는 아저씨의 목소리가 크게 울려 퍼졌다. 멀찌감치 떨어져 이쪽을 바라보는 사람들 시선에도 아랑곳 않고 아저씨는 당당한 태도로 전화기를 향해 계속 떠들었다. 아주머니는 차를 빙 돌아, 부딪친 집 현관으로 가 초인종을 눌렀다. 2층짜리 집은 모든 창문에 불이 꺼져 있었다.

"집에 없나 봐."

저편 옆집에서 조심스럽게 다가온 기품 있는 백발의 할머니가 말을 걸었다.

"오늘은 외출한다고 했는데요."

"어떡하지. 연락처 아세요?"

"좀 기다려요."

할머니는 자기 집으로 들어갔다. 나는 차에 다가가, 쭈그리고 앉아 플라스틱 파편을 손가락으로 튀기고 있는 루미나의 뒤편에서 차 앞쪽을 들여다봤다. 벽을 처박은 부분은 망가졌고 에어백이 튀어나와 문이 열어젖혀진 채라 상태가 안 좋아 보이기는 했지만, 보닛 형태는 멀쩡했고 여전히 금속 광택을 유지하고 있었다. 이런 차는 역시 튼튼한가 보다 하고 감탄했다. 오자와 씨네 아주머니가 나를 보며 말했다.

"차는 조심하는 게 좋아. 사람과 달리, 언제 어느 때 무슨 짓을 저지를지 모르니까."

"네에."

"그게 아닌 이상, 주차장에서 차를 빼는데 이렇게 되다니 있을 수 없는 일이잖아."

"그렇네요."

"아, 바빠 죽겠는데 정말…… 아, 여보세요, 미나코? 응 그래, 내 얘기 좀 들어봐, 우리 집 차 정말 어이없는 거 있지. 그래, 아직도 레스토랑 근처야."

아주머니는 조금 전까지 있었던 레스토랑의 누군가와 전화로 대화를 시작했다. 나는 내 휴대전화로 시간을 확인했다. 저녁 무렵부터 식사를 시작했기 때문에 아직 아홉 시가 안 된 시각이었다. 편의점 잡지 선반 앞 유리창에 기대 휴대전화를 보며, 저녁에 먹은 이탈리아 요리의 사진을 전채요리부터 디저트까지 순서대로 확인했다.

십 분 후, 길을 막은 차를 일단 주차장으로 되돌리려고 아저씨가 운전석에 올라탔다. 끼이익 끼이익 끼이익. 차를 박았을 때보다 더 큰 소리가 밤거리에 울려 퍼지면서 공기와 집과 땅바닥을 진동시켰다. 보다 많은 창문에 불이 켜지고 그 모든 창가에 선 사람들의 실루엣이 이쪽을 보고 있었다. 아저씨는 시동을 몇 번이나 걸다가 드디어 네 번째에, 엄청난 소리가 나는데도 아랑곳없이 차를 후진시키더니, 비스듬하기는 해도 일단 어떻게든 편의점 주차장에 차를 세웠다. 시동이 꺼진 다음에도 그 진동만큼은 계속해서 내 몸에 남아 있는 것처럼 느껴졌다.

삼십 분이 더 지나도록 아저씨가 전화를 건 보험회사에서는 출동한다는 연락이 오지 않았다. 일요일 밤이어서 그런지, 아니면 고급 차라 보험 처리 방식이 달라서 그런지, 아무튼 나로서는 알 수 없었다. 망가진 차에도, 금 가고 깨진 벽에도 일찌감치 흥미를 잃은 루미나는 편의점을 들락날락했다.

"어디 들어가 있을 데 없어? 추워."

"시골이라. 아무것도 없지."

루미나와 아주머니는 편의점에서 산 하겐다즈 아이스크림을 주차장 블록에 앉아 먹기 시작했다.

나는 생각했다. 왜 경찰은 오지 않는 걸까. 왜 아무도 경찰을 부르지 않는 걸까. 이런 게 바로, 누군가가 하겠지 하고 서로 미루다가 아무도 하지 않는 그런 상황일지도 몰라. 혹은 사람을 치는 대형 사고나 아니면 경찰을 부르지 않는 게 룰인 걸까. 내가 잘 알지도 못하면서 사고와 경찰을 곧바로 연결 지어 사고하는 것일까. 운전면허를 따지 않아 나는 교통법규에 무지한 걸까.

모르는 동네였다. 눈앞 도로가 어디를 향해 뻗어 있는지, 동네는 어떻게 펼쳐져 있는지 알 수 없기에, 편의점 불빛이 비친 곳만이 어둠 속에서 떠오른 섬 같은 기분이 들었다. 구경꾼들도 흥미를 잃었는지 하나둘 사라졌다. 때때로 이웃한 집 창문에 사람 그림자가 보였지만 사태에 진전이 없자 이내 모습을 감췄다. 집들 너머엔 산이 보였다. 생각보다 가까이 있어서, 그 엄청난 양의 어둠이 나를 향해 눈사태처럼 덮쳐올 것 같았다. 한밤중에도 밝은 도시에 살다 보니 어두운 게 싫었다. 만일 내가, 견고한 차가 처박은 이 집에 산다면 어떤 기분일까, 그런 생각을 했다. 산과 바다가 있고 벚나무가 있는 노란색 2층 집. 도로를 차가 달리고 있었다.

차가 집을 박고 한 시간이 지나자, 오자와 부부는 차 뒤에 실린 골프채를 꺼내 주차장에서 스윙 연습을 시작했다.

"좀 더 이렇게 해야지. 중심을 낮추라고."

"됐다니까요, 나 그렇게 열심히 할 생각 없어."

아주머니는 편의점 유리창에 어렴풋이 비치는 자신의 포즈를 때때로 확인하면서 루미나에게도 골프채를 잡아보라고 권했지만, 루미나는 휴대전화 문자에 열중하고 있었다.

"저기요."

편의점에 서서 잡지를 읽는 데도 한계를 느껴 나는 날카롭게 빛나는 은색 골프채를 휘두르는 아주머니에게 다가갔다. 아주머니는 친절한 미소를 지어 보였다.

"안심해도 돼. 이제 곧 친구가 데리러 올 테니까 좀만 기다려."

아주머니의 친구인 레스토랑의 안주인이 대충 정리가 끝나면 바로 데리러 온다고 말한 지가 벌써 이십 분이 지났다. 노란색 집 사람들도 돌아올 기색이 없고, 깨져 떨어진 벽 콘크리트도, 차의 파편도, 그 무엇도 변한 게 없었다.

레스토랑의 안주인이 검은 승합차를 타고 나타났다. 그녀는 어머어머, 심하다, 하며 차와 집을 살피더니 편의점에서 페트병에 든 녹차를 샀다. 아저씨는 재빠르게 승합차에 올라타 또 어딘가로 전화를 걸기 시작했다. 아주머니는 옆집 초인종을 눌러, 밖으로 나온 아까 그 할머니에게 물었다.

"아, 저기 저 집 사람, 이름이 어떻게 되나요?"

"하야시 씨? 오늘 중에는 집에 들어온다고 했는데."

"맞다, 하야시 씨. 그럼, 우린 가볼게요."

"아아, 그러실래요?"

할머니는 조금 당황한 기색으로 뒤를 돌아봤다. 누군가를 부르려는 것인지도 모른다.

"그럼."

인사를 하고 아주머니는 이쪽으로 걸어왔다.

마음에 걸려 사라지지 않던 뭔가가 그때 분명해졌다. 어쩌면 사고가 일어난 순간부터가 아니라, 연안 고층 맨션 35층에 있는, 야경이 끝내주게 아름답던 그 방에 처음 들어갔을 때부터 이미 나는 알고 있었던 건지도 모른다.

사고의 책임을 지고 싶지 않아 사과를 거부하는 그런 것은 분명 아닐 것이다. 그저 단순히 생각이 나지 않는 것일 뿐. 그제야 비로소 안도하는 마음이 생겨났다.

열린 승합차 문에서 아주머니가 손을 내밀었다.

"자, 얼른 타."

안쪽 의자에서 루미나가 귀엽게 웃었다.

이 사람들과 같이 있다간 위험하겠어.

승합차 저편에 방치된 반짝반짝 빛나는 튼튼한 차가 눈에 들어왔다.

"저는 혼자 갈래요."

파카 주머니의 휴대전화를 꽉 쥐었다. 지도는 편의점에서, 버스 시간표는 휴대전화로 이미 확인해뒀다.

"버스가 있거든요. 이나무라가사키에 있는 친구 집에서 하룻밤 묵으려고요."

아주머니와 루미나는 잠시 얼굴을 마주보았지만 그뿐이었다.

"그래? 섭섭하네."

"식사 고맙습니다. 루미나, 고등학교 가서도 열심히 해."

"응. 선생님도 잘 지내."

"안녕히 가세요."

철제문이 레일 위를 미끄러지는 소리가 울리며 슬라이딩 도어가 닫혔다. 나는 주차장을 가로질러 보도로 나갔다. 나를 추월한 승합차에 앉아 손을 흔드는 루미나에게 나도 손을 흔들어 보였다.

버스 정류장에서 시간표를 확인했더니 즈시역행 다음 버스까지 십오 분 이상 남아 있었다. 나는 차로 온 길을 반대 방향으로 거슬러 걷기 시작했다. 잠시 후 작은 강이 나왔다. 길도 어두웠지만 강은 더욱 어두웠다. 하류를 바라보니 바로 바다로 이어지고 있었다. 바다는 어둠 덩어리였다. 검은 물이, 광대하게 움푹 팬 곳을 채우고 있었다. 밤은 여전히 추웠고 오랫동안 바깥에 서 있던 탓에 손발이 찼다. 너무 많이 먹어 아직도 무거운 위장을 안은 채 멈추지 않고 걸었다. 바다에서 축축한 바람이 기어오듯 불어왔다. 차는 지나갔지만 보도에는 사람이 없었다. 맞은편에서 자동차가 올 때마다 헤드라이트에 눈이 부셔, 그 잔상이 밤하늘 한가운데에 빛 같고 구멍 같은 것을 만들었다. 까마귀 우는 소리가 들렸지만 어둠 속에서 검은 새를 찾을 수는 없었다.

다음 버스 정류장은 해안도로에 있었다. 벤치가 놓여 있었지만 차가울 것 같아 서 있었다. 잘 보이지 않는 바다에서 파도 소리가 들렸다. 사람이 걸어왔다. 오자와 씨네 아주머니와 비슷해 보이는 연배였는데 자전거를 끌고 있었다. 그녀는 내 손에 들린, 오늘 식사한 레스토랑 바로 옆에 있는 빵집 봉지에 눈길을 멈추고 말을 걸어왔다.

"거기 빵, 맛있지?"

"여긴 처음이에요."

"그래? 먼 데서 오셨나?"

"그렇게 멀진 않지만, 집에 가려면 한참 걸릴 것 같네요."

"조심해서 가요."

아주머니는 자전거를 다시 밀기 시작했다.

"네, 조심해서 갈게요."

나는 말했다. 왜 자전거를 타고 가지 않는 걸까, 하는 생각이 들었다.

버스가 올 것 같지 않아 바다 쪽 보도를 따라 다시 걷기 시작했다. 커브를 돌자 바다가 저 멀리까지 보였다. 하늘과 바다의 애매한 경계선 위를 몇 척 배의 불빛이 천천히 달리고 있었다. 끊임없이 들려오는 파도 소리가 등을 밀어주는 듯, 몸이 가벼워지기 시작했다. 나는 조금씩 역에서 멀어져가고 있었다.

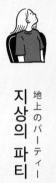

地上のパーティー

지상의 파티

두 채의 사각형 타워가 푸른 하늘을 찌르고 있었다. 목이 아플 만큼 고개를 꺾어 꼭대기 층을 바라보고 있자니 하늘과 땅이 거꾸로 뒤집힌 듯한 착각이 들었다. 일단 멈춰 서서 똑바로 섰다.

같은 부서 선배 우에하라 교코와 총무부 고가네자와 메구미는 맨션 입구를 향해 오십 미터쯤 앞서 걷고 있었다.

"우와, 엄청나네. 31층이래. 지진 때문에 한때 집값이 내리긴 했어도, 이 근천 지반이 튼튼해서 그 후엔 오히려 집값이 더 뛰었대. 평당 평균 단가가 이백이십만, 아니 이백오십만은 된다고 치고……"

우에하라 씨는 자기 집도 아니면서 왠지 자랑스럽게, 자꾸만 금액을 되풀이하고 있었다. 일할 때에도 툭하면 뭐든지 돈으로 환산

해 말하는 사람이다. 그것도 단순히 얼마 얼마 하는 게 아니라 객단가니 이익률이니 분석하는 걸 좋아한다.

"네에."

그런가 하면 고가네자와 씨는 다소 맥 빠진 목소리를 낸다. 나는 고가네자와 씨와는 일로 만나는 경우가 거의 없다. 회사 입구 근처 자리에 복스러운 얼굴로 하루 종일 앉아 있는 사람이라는 인상을 가지고 있었는데, 역에서 만나 여기까지 걸어오는 사 분 동안에도 미묘하게 복스러운 미소를 띠고 네에, 그래요? 네에, 하며 듣는지 마는지 알 수 없는 맞장구만 치고 있다.

맨션 입구는 3층쯤 되게 천장이 높았고 엄청나게 큰 소파와 관엽식물이 널찍하게 배치되어 있었다. 빈틈 없어 보이는 검은 양복 차림의 두 여자가 서 있는 안내데스크 건너편에 에스컬레이터가 있었다. '호텔틱'이라는 유치한 문구가 떠오른다. 우에하라 씨가 휴대전화로 집 호수를 확인하는 동안, 나는 용도를 잘 분간할 수 없는 공간을 둘러보고 있었다. 호텔틱, 호텔틱, 하고 머릿속은 멋대로 무의미한 말을 반복한다.

타워 맨션의 차별성은 사라진 지 오래고, 이제는 주요 역 앞에 하나씩은 꼭 있는 게 타워 맨션이다. 올 초 시골에 내려가 작년에 이사한 대학 동기 녀석 맨션을 찾아갔을 때도 이 안내데스크라는 게 있었다. 군청색 양복을 입은 시원치 않아 보이는 남자가 서 있는, 싸구려 비즈니스 호텔을 연상시키는 곳이었다.

다만 이 맨션은 나름 고급 브랜드였기 때문에 에스컬레이터 끝 중이층에는 도서관 같은 책장이 보였고, 안내데스크 안쪽에는 카페 공간까지 갖춰져 있었다. 녹색 타블리에를 두른 점원이 에스프레소 머신을 만지고 있고 커피 향이 떠다닌다.

"저 카페에선 커피 한 잔에 얼마 할까? 입주민이랑 일반인이랑, 가격이 다를까?"

변함없이 돈에만 관심을 쏟는 우에하라 씨가 앞장서서 자동문 너머 엘리베이터에 탄다.

"죽인다. 호텔틱하네요, 호텔틱."

실제로 발음하면 머릿속에서 빙글빙글 도는 그 소리가 사라져 줄까 싶어 부자연스럽게 말해봤지만, 우에하라 씨는 모른 척 넘겨버렸다.

"그래도 저런 부속물 때문에 관리비가 비싸질 텐데 꼭 필요할까? 택배 사물함이랑 자판기만으로도 충분할 텐데."

"그죠."

엘리베이터를 타면서 나는 적당히 맞장구를 친다. 고가네자와 씨는 애매한 웃음을 띤 채 아무 말도 하지 않는다. 고가네자와 씨는 우에하라 씨와 동갑인 스물일곱 살일 텐데 젊음이 느껴지지 않는다고 할까, 중학생에서 바로 아줌마가 되는 타입이다. 얼굴이나 입는 옷도 왠지 밍밍한 느낌. 특징 없는 크림색 카디건과 무릎까지 오는 연한 갈색 스커트. 결점도 없지만 시선을 끄는 점도 없다. 일

년 전쯤 결혼해서 현재의 성으로 바뀌었는데, 남편은 그녀의 어디가 마음에 들어 결혼을 결심했을까, 단순히 그런 의문이 생긴다.

"멋지네요."

느닷없이 고가네자와 씨가 한 말에 나는 살짝 당황했다. 무엇에 대한 평가인지 알 수가 없다. 엘리베이터가? 반구형 감시카메라가 붙어 있고 목조 판자로 둘러싸여 거의 소리 없이 상승하는 이 상자가?

"그죠."

알지도 못하면서 그렇게 대답했다.

지난달, 휴가를 얻어 교토에 여행 갔을 때의 일이다. 삼십삼간당三十三間堂에서 천 개의 천수관음 입상과 그 앞에 나란히 선 이십팔부중을 바라보고 있을 때, 뒤에서 남자 목소리가 들렸다.

"아수라가 무지하게 유명한 그거 맞지?"

"그죠."

뒤돌아보니 출장 중 남는 시간에 들른 것 같은 복장을 한 두 사람이 서 있었다. 처음에 말을 꺼낸 사람이 선배로 보였다. 비스듬히 뒤쪽에 서 있는 후배는 자기가 알고 있는 내용이나 관심사는 접어두고 무사태평한 선배에게 맞춰주고 있었다.

"아, 출출하다."

"그죠."

그 대화를 들었을 때 나는 알게 되었다. "그죠"는 하고 싶은 말을 할 수 없을 때, 혹은 할 말이 딱히 없을 때 하는 말이라는 것을.

"그쵸."

엘리베이터 안에서 다시 한 번 별생각 없이 그 말을 내뱉자, 우에하라 씨의 시선이 바로 나에게 꽂혔다.

"뭐가?"

"네?"

"그쵸, 라니 뭐가 그렇다는 건데?"

"그러니까, 맨션 끝집이면 더 비싸겠다는……"

"끝집은 옆 베란다 면적이 더 생기니까. 평균 가격대보다 삼십 퍼센트는 더 얹어줘야 할 거야."

창 없는 복도에는 여기가 지상에서 백 미터 이상 떨어져 있다는 사실을 느낄 수 있게 하는 건 아무것도 없었고, 인기척도 전혀 나지 않았다. 흰 벽에 짙은 갈색 문이 나란히 늘어서 있었지만 그 너머가 어떤 집인지 추측할 수 있게 하는 건 아무것도 없었다. 우리의 구둣발 소리도 회색 양탄자에 빨려 들어 곧바로 사라졌다. 모퉁이를 두 번 돌았는데 비상구가 보이지 않아 조금 불안해졌다.

"어머, 오랜만이야. 우에짱, 어쩜 하나도 안 변하니?"

보통 맨션보다 훨씬 널찍한 현관문을 열자마자 집주인인 니시다 요코가 들어본 적 있는 목소리로 환대해주었다.

"고가네자와 씨도 잘 있었어? 그리고, 음……"

"노노미야입니다."

"아, 맞다, 노노미야 군. 노노미야 군도 그대로네."

내 이름을 잊고 있던 니시다 씨는 일 년 전에 퇴사했다. 결혼을 핑계 댔지만 실은 상사와 사사건건 부딪쳤기 때문이다. 예나 지금이나 결혼이야말로 원만하게 그만두기 위한 제일 편한 구실이니까, 하고 우에하라 씨가 가르쳐주었다. 니시다 씨는 지금 외국 화장품 회사 마케팅 일을 하면서 요리를 배우고 있고, 남편은 금융 쪽 시스템 개발 회사에서 출세 가도를 달리고 있다고, 이 얘기 역시 여기로 오는 도중에 우에하라 씨가 예상 연봉과 더불어 설명해주었다. 우에하라 씨는 아는 게 많고 친절하다.

오늘은 니시다 씨네 집들이 파티라나 뭐라나, 아무튼 그거다. 사흘 전 회사 옆자리에서 우에하라 씨가 백 그램에 얼마 하는 고베 소고기를 먹을 수 있다느니, 한 줄에 삼천 엔짜리 특별 주문 식빵이 나온다느니 너무 끈질기게 늘어놓는 말에, 좋으시겠어요, 하고 적당히 대답하다가 그만 붙들려 오게 되었다. 회사에서의 나는 패기 없는 요즘 젊은이라는 범주에 속한다. 삼 년 전 입사하자마자 상사가 룸살롱에 가자는 걸 귀찮아 거절했더니, 초식남이니 정자가 부족하다느니 속닥거렸고, 동거인에게 받은 고급 초콜릿을 점심시간에 먹는 걸 들키고 난 다음에는 디먹남(디저트 먹는 남자)이 되었다. 딱히 기쁘지도 않지만 덕분에 회사 여자들이 온갖 디저트를 갖다 주는 맛도 있어서 가타부타 말하지 않고 내버려뒀다. 오늘 이 파티에 끌려온 것도 그 일환이다.

ㄴ 자로 꺾인 인공 대리석 복도에서 거실로 연결되는 문을 열자 눈이 부셨다. 이십 죠*쯤 되는 거실 정면의 커다란 창으로는 또 하나의 오른편 타워와 널찍한 간토평야가 내다보였다. 쾌청한 가을의 푸른 하늘과, 빽빽한 건물들이 끝 모르고 이어진 지평선이, 먼 저편에서 흐릿하게 섞여 있었다.

끝집이네. 우에하라 씨가 확인하는 눈빛으로 나를 흘끗 올려다보고 나서 창 쪽으로 뛰어갔다.

"우와, 이거 봐, 창이 어엄청 커."

"네에."

고가네자와 씨가 작은 목소리로 말한다. 표정은 그다지 변하지 않는다. 이 사람이 무언가에 감동하거나 놀라는 일이 있을까. 따분해 보이지도 않았지만 아무 감흥이 없는 듯 보인다.

니시다 씨는 우리 등 뒤에서 여유 있는 웃음을 짓고 테이블에 놓인 꽃병 자리를 옮기며 말했다.

"31층인데 북동향이라서 햇빛도 잘 안 들고 후지산도 안 보여."

"그래도 저거 보이잖아요. 스카이트리."

우에하라 씨는 멀리 작게 보이는 하얀 탑을 가리켰다. 스카이트리가 보이면 집값이 뛰잖아요, 그렇게 말할 줄 알았는데 알아볼 수 있는 건물들 이름을 열거할 뿐이었다.

---

* 畳. じょう. 보통 가정의 거실이 6죠 정도이다.

집은 모델 하우스 정도까지는 아니었지만 깨끗이 정돈되어 있었고, 아주 적당히 물건들이 배치되어 있었다. 언젠가 이 거실에서 프라이빗 요리교실을 열 계획이라는 말을 들었다. 프라이빗 요리교실이라는 게 어떤 건지는 잘 모르겠지만. 책장의 책들이 모두 비스듬하게 꽂혀 있고 소파에는 모양이 다른 커버를 씌운 쿠션이 한가득 있어서, 아마 이건 의도적인 거겠지, 하는 느낌이 들었다. 약간의 생활감을 느끼게 하면서 지나치게 힘을 주지 않은 자연스러운 센스를 보여줘야지, 하는. 하지만 깨끗하고 넓은 방은 역시 기분을 좋게 하는 법이다.

오늘 아침, 집을 나설 때의 내 방을 떠올린다. 바닥에는 빨래와 잡지와 종이 가방과 가방이 어질러져 있고, 부엌 선반이며 벽장 안 옷장이며 열 수 있는 데는 모두 열려 있다. 식탁 옆 바닥에는 동거인인 가나코가 주저앉아 전날 썼던 가방을 뒤집어 내용물을 다 쏟아내면서 USB를 찾고 있었다.

외출 준비를 해버린 나는 문 앞에서 말했다.

"저기, 난 지금 화가 난 것도 아니고 못 참겠다는 것도 아냐. 그냥 가나짱이 시간을 낭비하는 게 아까우니까 좀 더 효율적으로 지냈으면 하는 맘으로……"

"효율?"

가나코는 뒤도 돌아보지 않은 채 다른 가방에 손을 집어넣으며 무뚝뚝한 목소리로 대답했다.

"그러니까, 하루에 오 분이나 십 분, 아주 조금만 치우는 데 시간을 할애하면, 모처럼 쉬는 날 아침에 한 시간 이상 벽장 안까지 다 뒤집어놓고, 마음은 초조하고, 밤엔 밤대로 이 지저분한 방에 들어와서 진저리를 치고, 그러지 않아도 되잖아. 그게 가나짱을 위해 훨씬 더 좋지 않을까 싶은데."

"으응."

내 쪽으로 보지도 않은 채, 가나코는 냉장고 문을 열었다.

"아무렴, 거기 들어 있을까."

내 말을 무시하고 가나코는 냉동실 문까지 열었다. 평소 같으면 웃음이 나왔을 텐데 그때는 갑자기 화가 치밀었다. 원래 오늘은 다케바시 근대미술관에 같이 가자고 한 날이었다. 가나코가 친구 결혼파티 날짜를 잘못 알고 있었다는 게 나흘 전에 판명이 났고, 그래서 나는 친하지도 않은 니시다 씨의 새집 자랑 대회에 불려 오게 된 것이다.

가나코는 난폭하게 냉동실 문을 닫고, 다시 가방 안을 뒤지기 시작했다. 이제는 대답도 하지 않는다.

"화났어?"

가급적 온화하게 말할 생각이었다.

"화난 거 아냐. 실망한 거야."

가나코의 눈에선 눈물이 번지고 있었다. 가나코는 슬플 때가 아니라 분하면 운다. 나보다 세 살이나 많은데 마치 초등학생 같다. 이런 사람이 직장에서는 최첨단 소셜 네트워크 서비스 개발을 하고, 나보다 돈도 훨씬 많이 번다는 사실이 믿기지 않을 때가 종종 있다. 하지만 역에서 가까운 방 두 개짜리 널찍한 맨션에 살 수 있는 것은 다 가나코 덕분이다. 직장 일로 처음 만났을 무렵엔 늘 짙은 회색 정장과 흰 셔츠를 입고 있어서 단정한 사람이라는 인상을 받았는데, 귀찮아서 유니폼처럼 같은 옷을 입었다는 사실을 함께 살면서 알게 되었다.

"나도 도울 테니까, 정리 좀 하자. 가나짱은 머리가 좋으니까 자기가 뭐에 서툴고 뭘 어떻게 하면 되는지 금방 알 수 있을 거야."

"어렸을 때부터 몇 번이고 몇 번이고 아무리 애써봐도 도저히 바뀌질 않는데? 그렇게 쉽게 해결할 것 같으면 벌써 했지. 아, 됐으니까 지금은 입 좀 다물어줄래? 나가봐야 하는 시간 아냐?"

"내 잘못이냐?"

결국 그렇게 내뱉고 나는 뒤도 돌아보지 않고 현관을 나섰다.

새하얗고 깨끗하고 맨바닥이 대부분 다 보이는 방을 둘러본다. 이런 방이면 로봇청소기도 쓸모가 있겠지, 생각하는데 텔레비전이 놓인 선반 아래로 로봇청소기 테두리가 보였다.

우에하라 씨는 처음 온 집인데도 익숙하게 몸을 움직여 재빨리 부엌에 가서 섰다. 그러곤 니시다 씨에게 질문을 해가며 벌써 당근과 브로콜리를 썰기 시작했다.

니시다 씨는 테이블에 앉아 천천히 커피를 홀짝이는 고가네자와 씨를 가만히 보더니 말했다.

"고가네자와 씨는, 그래, 좋아. 거기서 천천히 쉬어."

"네에."

의자에서 일어서는 시늉도 하지 않는 고가네자와 씨는 분명 별 도움이 될 것 같지 않았다.

"아, 저기."

니시다 씨가 나를 쳐다봤다.

"시켜만 주세요."

"그럼 이거."

내게 내민 건 작은 무 하나와 강판과 볼이었다. 식탁에서 갈기 시작했는데, 무의 두께가 애매해 손으로 잡기 힘든 데다가 냉장고에서 막 꺼낸 거라 손이 차가워 아플 지경이었지만 말을 할 수는 없었다.

아일랜드형 키친에 나란히 선 우에하라 씨와 니시다 씨는 야채를 썰고 데치고 고기를 해동하는 동안에도 매끄럽게 대화를 이어 갔다.

"니시다 씨 남편분이 나이가 훨씬 위죠? 나이 차이가 나면 여유도 있고 좋지 않나요?"

"글쎄. 남자들은 어느 정도 나이를 먹으면 하나도 안 변하는 것 같아. 쓸데없이 잔소리하고 딱딱하게 구는 건 나이가 많아서 가르치려 들어 그런 거다 싶기도 하고."

니시다 씨는 그럭저럭 미인 축에 속할 것이다. 전체적으로 슬림했고, 깃이 높은 흰 셔츠에 회색 니트, 딱 붙는 바지를 입고 있었다. 화장도 빈틈이 없었다.

"예를 들어서 있지, 쓰레기 분리수거 하는 거 엄청 꼼꼼하게 해. 어차피 쓰레기장에선 다 섞는다잖아. 일일이 구분하다 보면 날 새지."

"후후후."

갑자기 고가네자와 씨가 웃어서 놀랐다. 왜 그 부분에 반응하는지 알 수가 없다. 그렇다고 연이어 무슨 말을 하는 것도 아니다. 니시다 씨가 탄 커피와 초콜릿을 번갈아 가며 열심히 입에 가져갈 뿐이다.

우에하라 씨는 신경도 쓰지 않고 니시다 씨에게 계속 말을 걸었다.

"집안일은 많이 도와주나요?"

"좋아하는 것만 해. 빨래 너는 건 좋아하는데 개는 건 죽어도 싫다나."

"아, 그거 알 거 같아요. 저도 빨래 개는 게 엄청 귀찮거든요."

내 동거인은 너는 것이든 개는 것이든 다 싫어해서 산더미처럼 쌓인 빨래에서 옷을 빼내 입는다. 유일하게 잘하는 건 식기세척기에 대량의 식기를 퍼즐처럼 딱 맞춰 집어넣기. 놀라울 정도다. 하지만 건조된 식기를 찬장에 정리하는 일은 내 몫이다.

"고가네자와 씨 남편도 나이가 꽤 위지? 고가네자와 씨처럼 태평한 애가 귀엽겠다."

태평을 길게 늘어뜨린 부분에서 다른 의도가 느껴져 우에하라 씨 표정을 슬쩍 훔쳐보았지만 그녀는 그저 밝은 웃음을 짓고 있었다.

"뭐, 그냥."

고가네자와 씨 표정에서는 아무것도 읽을 수 없었다.

"사장님이에요, 고가네자와 씨 남편분. 신혼집은 정원 딸린 방 다섯 개짜리고."

사장이긴 하지만 할아버지 때부터 하던 조그만 건설 회사를 이어받은 거라고, 역시 우에하라 씨가 설명해줬고, 고가네자와 씨는 변함없이 애매한 맞장구를 치며 미소 지었고, 니시다 씨는 경쟁의식을 느꼈는지 자기 남편이 얼마나 바쁜지에 대해 이야기하기 시작했다. 오늘도 상하이에 출장을 갔다가 밤늦게야 들어온다고 했다.

세 사람 중간에 위치한 나는 불온한 기류를 느끼기 시작했다.

"니시다 씨."

말은 꺼냈어도 무슨 말을 해야 할지 순간 알 수 없었지만 거실을 휙 둘러보다가 생각이 났다.

"이거 창가에서 갈아도 될까요? 전망도 좋고."

"애 같애, 노노미야 군은."

높은 데를 좋아하거든요, 나는 까부는 애처럼 말하고 일어섰다.

"소파 더럽히면 안 돼."

나는 창가 소파의 팔걸이 부분에 앉아 건네받은 수건을 무릎 위에 펴고 강판 세트를 올려놓았다.

롤스크린이 감겨 올라간 커다란 창에서는 옆 동이 훤히 내다보였다. 어느 정도 거리가 떨어져 있는지, 건물이 너무 큰 탓에 감각이 흐트러져 계산이 되지 않는다. 여기보다 약간 아래층이 훤히 보였고, 그중 하나, 여기와 같은 끝집 통유리 옆에 서 있는 사람이 보였다. 머리가 긴 그 여자는 창에 달라붙어 아래를 내려다보는 것 같았다. 흰 스웨터를 입고 있는 것까지 자세히 보인다. 창틀에 손을 대고 움직이지 않는다. 가을 햇빛이 거실 안까지 비쳐 들어 창틀 그림자가 바닥에 투영되었다. 무엇을 보는 걸까. 어쩌면 나처럼 이쪽 동의 약간 아랫집을 바라보고 있는지도 모른다. 그렇다면 역시 위쪽에서 누군가가 나를 관찰하고 있을지도, 하는 마음에 시선을 위로 보냈다. 그러나 내 위치보다 높은 곳에 있는 다섯 층 정도는 모두 창문에 빛이 반사되어 내부가 전혀 보이지 않는다.

"아앗."

새끼손가락 바깥쪽에 통증을 느끼고 나는 그만 소리를 질렀다. 무는 생각보다 많이 줄어들어 있었다.

"아아, 손까지 갈았어? 손은 먹기 싫은데."

니시다 씨가 나를 흘겨봤다.

"피는 안 나와요. 손 잘 씻을게요."

넓은 싱크대에 서서 기세 좋게 물을 흘려보내자 물소리가 크게 울렸다. 고가네자와 씨는 그저 멍하니 같은 장소에 앉아 있었다.

다시 창가로 돌아와 삼분의 일이 남은 무를 열심히 강판에 갈았다. 옆 동 여자의 모습은 사라지고 없었다. 대신 그 옆 베란다에 초등학생 같은 여자애가 쭈그리고 앉은 게 보였다. 유리로 된 베란다 경계에 얼굴을 대고 아까 그 여자처럼 아래를 내려다보고 있었다. 틀림없이 딸일 것이다. 손에 흰 종이를 들고 스케치를 하고 있는 것처럼 보인다. 하늘에 붕 떠 있는 이런 장소에서 자란다는 건 즐거운 일일까, 하는 생각을 했다. 하지만 분명 살다 보면 익숙해지겠지. 이 장소가 높다는 감각도 사라지고 그애에게는 단순한 '집'에 지나지 않을 것이다. 안내데스크도 에스컬레이터도, 마치 텔레비전처럼 평범한 것인 양.

그때, 여자애 손에서 흰 종이가 떨어지나 싶더니 어느새 공중으로 날아가 엄청나게 넓은 공간을 떠다니기 시작했다. 여자애 뒤에서 방금 전에 창가에 있던 여자와, 그 여자의 어머니처럼 보이는 나이 든 여자가 나와, 셋이서 날아가는 흰 종이를 바라보았다. 두 동 사이를 지나는 바람에 이리저리 흩날리며 점점 멀어져가는 힘없는 종이를, 나는 여자 삼대와 함께 떠나 보냈다.

문득 이 맨션에는 여자만 사는 게 아닐까, 그런 생각이 머리를 스쳤다. 그런 싱거운 생각을 하게 된 데에는 이유가 있었다. 중학교 같은 반 아이 중에 무척 엉뚱하지만 그림만은 천재적으로 잘 그렸던 남자애가 있었는데, 그애가 어느 날 무단결석을 하고 연락이 닿지 않아 소동이 벌어진 적이 있었다. 이튿날 학교에 나온 그애는 등교하던 중에 주위를 둘러보니 여자애들만 있어서, 오늘은 어쩌면 여자애들만 등교하는 날이었는데 자기가 잘못 알고 나온 게 아닐까 싶어 부끄러워 도망쳤다고 했다. 선생님은 거짓말을 하려면 좀 제대로 하라고 했고 다른 친구들은 저 자식은 모자란 놈이야, 도무지 알 수가 없다니까 하고 비웃었지만, 나는 이상하게도 그 불안과 동요, 망설임, 나만 실수로 다른 세상에 들어온 것 같은 느낌을 이해할 수 있었고 나도 그런 순간을 체험해보고 싶다는 생각을 했다. 그러나 졸업할 때까지 등굣길에 주위에 여자애들만 있는 그런 상황은 결국 찾아오지 않았다. 단 한 번도, 단 한 순간도.

그렇다고 해도 이렇게나 셀 수 없을 만큼 빼곡하게 가로세로로 달려 있는 창문 중에서, 단 한 군데에만 사람 그림자가 보인다는 건 무슨 뜻일까. 규모가 조금 큰 동네이니만큼 사람들이 많이 살고 있을 텐데.

나는 다 간 무 그릇과 강판을 부엌으로 가져가 손을 씻고, 티슈를 달라고 한 다음 코를 풀었다. 버리려는데 휴지통이 안 보였다.

"아, 거기. 오른쪽부터 가연물, 불연물, 캔병 순이야."

니시다 씨가 손으로 가리킨 것은 문 달린 목조 선반으로밖에 보이지 않았는데, 위에서 비스듬히 여는 방식의 휴지통이었다. 뚜껑을 열자, 가연물이 들어 있어야 할 봉지 안에 잡지가 두 권 던져져 있었다. 그리고 은박지 덩어리도. 혹시나 해서 다른 곳도 열어보았지만, 분명 불연물, 캔병 순이었다. '쓰레기 분리수거 일람'을 축소 복사한 종이가 벽에 압핀으로 꽂혀 있었다. 잡지는 '리사이클', 은박지는 '불연물'.

동거인이 창문 봉투의 투명 필름 부분과 수첩 링 부분을 하나하나 떼어내는 모습이 떠올랐다. 가나코는 치우는 걸 지지리 못하면서도 정해진 룰은 지키지 않으면 안 되는 성격이다. 내가 버린 쓰레기가 잘못된 곳으로 가게 될 상상을 하면 잠이 안 와, 그렇게 말했다. 내가 아무렇게나 버리면 화를 내기 때문에 방구석에 처리하지 못한 서류들이 산더미처럼 쌓여 있다. 치우지도 못하면서 그런 자잘한 부분에는 목숨을 건다.

왜 이 사람과 사귀는 걸까, 그런 생각을 자주 한다. 그러나 귀엽게 보였던 순간이 분명 있었고, 지금도 때때로 있고, 누군가와 함께 하는 이유는 원래 알 수 없는 것인지도 모른다.

나는 잡지와 은박지 사이에 티슈를 구겨 넣고 뚜껑을 닫았다.

띠리링, 경쾌한 초인종 소리가 울렸다. 니시다 씨의 동기라는 전

직장 동료가 망고 타르트를 들고 왔다.

그 후 잇달아 사람들이 들어왔다. 니시다 씨의 현재 직장 관계자들, 학창 시절 친구들, 남편 회사 사람들 등등 총 아홉 명. 남자도 겨우 두 사람 나타났다. 친구의 남편과 요리교실 강사를 한다는 이탈리안 셰프. 친구의 남편은 머리가 벗어졌지만 요리교실 강사는 잘못 온 게 아닐까 싶을 만큼 미남이었다. 어색했던 거실 분위기가 갑자기 환해졌다.

커다란 식탁에 열세 명이 둘러앉았다. 무즙은 생선구이에는 좀 많겠다 싶었는데 닭고기와 함께 조려 나왔다. 규슈 지방에서 주문한 토종닭이라는데 맛있었다. 백 그램에 얼마 하는 고베 소고기는 우에하라 씨의 착각이었는지 결국 나오지 않았지만, 요리는 모두 흠잡을 데 없었다.

니시다 씨가 친구들에게 야채에 대해 설명을 한다.

"이 농장 야채를 먹으면 다른 야챈 못 먹게 되더라고."

"나도 그래, 임신하고 나서 유기농 아니면 몸이 안 받는 거 있지."

친구들은 식탁에 한가득 올라온 '주문한 식재료'와 자기들이 최근 먹은 음식들에 대해 서로 얘기하고, 서로 칭찬했다. 천연효모, 한정 생산, 무슨 무슨 농법, 그리고 환경보호와 면역력 같은 단어들도 들려왔다.

나는 "아하" 혹은 "호오" 하고, 마치 고가네자와 씨처럼 감정 없는 맞장구를 쳐가며 오로지 먹기만 했다. 나가노 농장의 치즈, 교토의 두부, 스페인의 생 햄, 가마쿠라 레스토랑의 소시지, '유기농' 한 야채들.

니시다 씨는 내가 씹고 있는 당근을 기대에 찬 시선으로 응시하며 물었다.

"엄청 달지?"

"응, 달다."

나보다 먼저, 옆에 앉은 여자가 대답했다. 야채가 단 건 무척 가치 있는 일인 듯했다.

"그죠."

망고 타르트도 다 먹고 여자들의 대화도 무르익어가던 때, 여자들 말에 귀를 기울일 줄 아는 잘생긴 셰프는 적당히 조심스러운 태도로 자신의 지식을 펼쳐 보였다.

나와, 이름은 들었어도 잊어버린 누군가의 남편인 머리가 벗어지려는 아저씨는, 테이블에서 떨어져 창가 쪽에 어색하게 서 있었다. 하늘은 변함없이 구름 한 점 없이 푸르렀고 발밑 도로에는 자동차가 미니어처처럼 달리고 있었다.

나는 아저씨에게 말을 걸어보았다.

"봐도 봐도 재밌네요, 31층은."

"저희 집도 35층이라서,"

내추럴 와인 잔을 한 손에 들고 머리가 벗어지려는 아저씨가 말했다.

"날씨 분간을 제대로 못해요. 사람들이 우산을 썼는지 안 썼는지 보이질 않으니."

부끄러운 듯 웃는 아저씨를 보고, 좋은 사람일지도 모르겠다는 생각을 했다.

"하늘엔 가까운데 말이죠."

나는 다시 하늘을 올려다봤다. 멀리서 손톱만 한 비행기가 미끄러지듯 소리도 없이 직진하고 있었다.

"30층쯤은 하늘에서 내려다보면 오차 범위 안이죠. 백오십 미터는 '산'이라고도 부를 수 없을 테니까."

아저씨는 창밖을 가리켰지만 그 손이 어디를 가리키고 있는지는 알 수 없었다.

"듣고 보니 그렇네요."

그러고 보면 사람이 하는 일이란 게 참 보잘것없구나. 스카이트리도 다카오산보다 조금 높을 뿐이니까.

우롱차를 마시려고 냉장고 쪽을 향해 갔다. 부엌에서는 요리교실 강사 겸 이탈리안 셰프인 핸섬남이 자신이 가지고 온 스페셜 디저트를 내려고 준비하고 있었다.

트뤼프인가요? 하고 물으려는 순간, 누군가가 그와 나 사이로 비집고 들어왔다.

고가네자와 씨였다. 손에 작은 접시들을 겹쳐 들고 셰프가 디저
트 배분하는 걸 도우려는 포즈를 취하면서 그녀가 말했다.

"후쿠야마 마사하루 닮았다는 말 많이 들으시죠?"

이런 목소리였던가? 맨 처음 그런 생각이 떠올랐다. 분명하지만
달콤한 목소리. 미남 셰프는 그런 말에 익숙한지 하하하 웃어넘겼
다. 고가네자와 씨는 작은 접시를 쑤욱 내밀면서 셰프의 얼굴을 빤
히 들여다보며 말을 이었다.

"후타코타마가와에서 레스토랑을 하신다면서요. 어쩜, 저희 친
정도 거기 근천데."

나는 놀랐다기보다 두려운 감정이 앞서 묵묵히 부엌에서 멀어
졌다.

창가 소파에서 우롱차를 마시려는데 우에하라 씨가 다가와 옆
에 앉았다. 커피 잔을 팔걸이에 올려놓고 시선은 부엌에 있는 고가
네자와 씨 쪽을 향한 채로 말했다.

"선택과 집중이라는 거지. 낭비를 없애는 게 수입을 증가시키는
지름길."

전부터 알고 있었구나, 우에하라 씨의 차가운 시선을 보고 알아
챘다.

"그렇군요."

나는 '낭비'로 분류됐다는 말이구나. 피차일반이긴 하지만.

문득 이상하다는 생각이 들었다. 대체 고가네자와 씨는 왜 초대

를 받았을까. 우에하라 씨와 니시다 씨는 같은 대학 출신에다 오래 전부터 친했지만, 고가네자와 씨는 왜 여기 있는 거지?

나는 우에하라 씨를 조금 경계하며 바라보았다. 커피를 다 마시고 우에하라 씨는 씨익 웃었다.

"여자들 기 싸움 기대하는 거 아냐? 남자들은 참, 여자들이 뒷말이나 하고 질투하는 그런 구도 좋아하지? 꽃들의 전쟁 같은 거."

"아뇨, 그런 건 아닌데."

"마음이 놓이지?"

"제가요?"

"난 저 사람들과 달라, 그런 얼굴로 관찰하고 있잖아."

"아녜요, 아닌데요."

그렇게 말하긴 했지만, 대체로 맞는 말이었다.

"세상엔 참 여러 종류의 사람들이 있구나, 난 그런 생각을 할 뿐이야."

그래, 어쩌면 아무것도 모르는 건 나뿐인지도 모른다.

"그쵸."

나는 그렇게 말하고 창밖을 뒤돌아보았다.

옆 동은 변함없는 거리를 유지한 채 거기 있었다. 가지런히 붙어 있는 유리창에 기울어지기 시작한 햇빛이 반사되면서 마치 발화라도 할 것처럼 강하게 빛나고 있었다.

시부야에서 전철을 갈아타기 직전, 생각을 바꾸고 개찰구에서 나왔다. 이대로 집에 들어가봐야 가나코는 귀가하지 않았을 테고, 그럼 내가 치울 게 뻔하고, 그렇게 일요일이 끝나버리는 건 너무 아니다 싶었다. 스크램블 교차로에 사람들이 북적이고 있었다. 나는 점멸하는 길거리 전광판의 빛을 받으며 교차로를 건넜다. 이십분쯤 전철을 탔을 뿐인데, 그사이 해가 져서일까. 방금까지 있었던 31층 집이 꿈처럼 멀게 느껴졌다.

〈로프트〉와 〈도큐핸즈〉에 들어가봤지만 사고 싶은 물건이 딱히 없었다. 선반과 서랍과 정리 관련 용품들을 둘러보았지만 가나코에게 어떤 물건이 유용할지 알 수 없어 결국 빈손으로 언덕길을 내려갔다. 그래도 빈손이 아무래도 성에 차지 않아 〈유니클로〉에 들어가 필요하지도 않은 양말을 네 켤레나 사고 나왔는데, 마음이 더욱 허무해졌다.

차가 밀리는 도겐자카 저편에 라면집 간판이 보였다. 횡단보도를 건너보니 잠시 다니지 않는 사이에 여기저기 라면집이 늘어난데다 사누키 우동집까지 생겨나 있었다. 니시다 씨 집에서 엄청나게 먹어대다 왔는데도 왠지 만족감을 느낄 수 없어서, 그래, 라면이다, 라면으로 이 주말의 끝을 장식하면 되겠구나, 그런 마음이 됐다. 나는 요란한 간판에 붙어 있는 사진들을 비교한 후 챠슈가 제일 커 보이는 가게로 들어갔다.

입구 옆 자동판매기에서 '돼지뼈 국물, 된장 맛, 삶은 달걀 추가'

라는 푸짐한 메뉴의 버튼을 누르고, 카운터 끝 쪽에 앉았다. 남자 점원들은 모두 가게의 로고와 모토가 흰 붓글씨로 쓰인 검은 티셔츠를 입고 있어서 요즘 라면집들은 다들 이런 옷을 입지, 하는 생각을 하며 물을 벌컥벌컥 마시고는 컵에 다시 물을 따랐다.

낮에는 아직 더워서인지 출입문이 열린 채였고, 밖을 지나가는 사람들 모습이 훤히 보였다. 메뉴판을 한 손에 들고 손님들을 부르는 선술집 남자, 킬 힐을 신은 갸루, 이미 잔뜩 술이 취한 아저씨. 근처 닭꼬치 집 연기가 길 전체를 희뿌옇게 만들었다.

스무 살쯤 되어 보이는 커플이 들어왔다. 둘 다 판다와 곰 캐릭터가 그려진 종이 가방을 들고 있다. 여자애는 꽤 귀여운 얼굴이었고 심하게 가슴이 파인 프릴 달린 블라우스를 입고 있었다. 지극히 평균적인 대학생 느낌으로 체크무늬 셔츠를 입은 남자가 발매기 앞에서 여자친구에게 메뉴를 하나하나 설명하고, 망설일 대로 망설인 끝에 식권을 사서 내 오른쪽 대각선 앞좌석에 나란히 앉았다.

"나, 죽순 간장절임 좋아해."

"나도."

"라면에 들어간 김도."

"나도."

"정말? 우리 엄청 닮았다."

어린 커플은 그런 하나 마나 한 대화를 끊임없이 늘어놨다.

가게 안에는 유선방송인지 어울리지 않는 60년대 록 음악이 흐르고 있었고, 지미 핸드릭스의 〈폭시 레이디〉가 끝나자 비틀즈의 〈히어 데어 앤 에브리웨어〉로 바뀌었다.

"안녕하세요, 수고 많으십니다."

몹시 힘찬 목소리가 울리면서 점원과 같은 티셔츠와 파카를 걸친 젊은 남자가 들어왔다.

"일곱 시 이후 지원 스태프, 야마모토입니다. 잘 부탁드립니다."

카운터 안에서 라면 그릇을 올려놓던 남자가 내 등 뒤에 서 있던 점원과 당혹스러운 표정을 주고받더니 소곤소곤 무슨 말인가를 나눴다. 그러곤 뒤에 있던 점원이 지원 스태프를 안쪽으로 데려갔다. 그다음 혼자 되돌아왔다.

원래부터 있던 점원들이 말했다.

"연락 받았어?"

"이케부쿠로 지점에서 온 것 같은데."

"솔직히 오늘은 여기 점원이 남아돌잖아."

"아, 혹시 제가 빠질까요? 이번 달 알바 많이 하긴 했는데……"

"아냐, 본부에다 연락해볼게."

카운터를 사이에 두고 그런 이야기가 오갔다. 누구에게나 다 사정이 있구나. 일을 하다 보면 골치 아픈 일들이 많구나 하는 생각을 하며, 그런 그들이 만들어준 '돼지뼈 국물, 된장 맛, 삶은 달걀 추가' 라면을 처음엔 국물을 먼저 홀짝이고 다음에 면을 먹었다. 생각보다 담백했고 무엇을 섞었는지 알 수 없는 국물 맛이 깊었다.

챠슈는 지방이 많았다.

새 손님이 들어왔다. 내 왼쪽에 사십 대로 보이는 여자가 앉았다. 키가 크고 머리가 허리까지 내려오는 어두운 분위기의 여자는 점원에게 식권을 내밀고는 가방에서 클리어파일을 꺼내 열심히 읽기 시작했다. 챠슈를 씹으며 훔쳐보니 이렇게 쓰여 있었다.

〈임사 체험 안내서. 인스트럭터의 지도에 따라 센터 안에서 시행해주십시오. 강령은 별도 세미나로 개최합니다.〉

여자의 표정을 확인하고 싶었지만, 긴 머리카락에 가려 보이지 않았다. 무심코 가게 안을 둘러보는데, 입구의 문턱으로 상당히 큰 검은 벌레가 들어오려 하고 있었다. 순간 흠칫했지만, 칠흑빛으로 반질반질 빛나는 그 타원형은 문턱을 따라 이동한 다음 발권기 아래로 기어 들어갔다. 발권기와 나 사이에는 닭살 커플이 자리하고 있으니 아직 괜찮아, 하며 반숙 계란을 입에 넣었다.

가게 배경음악이 데이비드 보위의 〈히어로즈〉로 바뀌었다. 고등학교 때 기타를 가르쳐준 친구가 좋아하던 곡으로 무리하게 연습을 하곤 했기 때문에 시작 부분만 들어도 곡 전체가 한꺼번에 머릿속에 되살아났다. 가게 안쪽에서 옷을 갈아입은 지원 스태프가 나와 사람 좋은 미소를 띠고 가게 안을 치우기 시작했다. 다른 점원들은 여전히 당황한 기색을 한 채 서로 얼굴을 마주보고는 지시를 내렸다.

"우리는 히어로가 될 수 있어." 그렇게 노래하는 데이비드 보위의 요염한 목소리를 들으며, 죽인다고 생각했다.

　말도 안 되게 엄청난 인파가 밀리는 시부야에서, 그 구석진 라면 집에서, 오른쪽에는 절찬 상영중인 닭살 커플이 어디로 보나 똑같은 삶은 달걀을 맞바꾸고 있고, 왼쪽에는 임사 체험을 하려는 여자가 챠슈 덮밥을 먹고 있고, 환영받지 못하는 점원이 열심히 일하고 있고, 길가에서 바퀴벌레가 들어오고, 데이비드 보위는 최고다.

　나는 이런 세상에 살고 있구나, 하고 생각했다. 각양각색의 사람들이 가지각색의 행동을 하고, 지구는 자기 맘대로 회전하고, 밤이 오고, 오늘이 끝나가려고 한다. 나는 이 세상에서, 그 제각각인 것들과 동시에 존재하고 있다.

　구름 위에서 보면 지상 전체가 파티장처럼 보일지도 모르겠다. 한 장소에 모여 있지만, 모두들 멋대로, 제각기 다른 생각을 한다. 나 역시 그 속의 한 점이다. 그냥 재미있었다.

　그리고 이미 너무 배가 불러 속이 울렁거리면서도 된장 맛을 추가한 돼지뼈 국물에 떠다니는 면을 후루룩거리면서, 가나코가 집에 들어오면 집도 깨끗해지고 부자와 결혼도 할 수 있는 방법을 전수해줘야겠다는 생각을 했다.

　자기 이외의 것은, 자기와는 관계가 없다고 생각할 것.

작
가
의
말

01

소설을 쓰기 시작할 때, 소설 배경을 어떤 계절 무슨 요일로 할지 생각합니다. 달력을 보며 몇 월에 무슨 요일로 할까 고민하지요.

요일에 따라 사람들은 기분도 행동도 달라지니까요.

갑자기 약속이 생기거나 생각지 못한 일이 벌어졌을 때, 다음 날 출근을 하느냐 마느냐에 따라 '가면 안 되겠다'가 되기도 하고, '한번 가볼까'가 되기도 합니다. 어느 쪽이건 상황에 따라 새로운 전개와 감정이 생겨나지요.

주말에 일하는 사람도 많습니다만, 그렇더라도, 주말은 분명 특별한 날입니다.

오랫동안 요일에 관계없는 일을 하고 있습니다만, 그래도 저 역시 출판사가 쉬는 주말 동안 어디까지 일을 해둬야지, 혹은 사람이 많다 했더니 휴일이었구나, 하는 식으로 역시 주말다운 부분을 느끼고 삽니다. 지인들은 주말에 많이들 쉬니 이벤트를 주말에 하게 되기도 하고요.

이 책에 실린 단편들은 토요일 혹은 일요일의 이야기입니다.

오래전에 쓴 「개구리 왕자와 할리우드」에서 몇 달 전에 쓴 「여기서 먼 곳」까지, '주말'이라는 공통점 말고 어떤 연결점을 설정한 건 아닙니다만, 전체를 읽어보니 어느 소설의 한 지점과 다른 소설의 한 지점이 서로 연결된 느낌이 드는 곳을 문득문득 발견하게 됩니다.

저는 우리처럼 소설을 읽고 쓰며 살아가는 현실 속 누군가의 이야기라고 생각하고, 소설을 쓰고 있습니다. 그래서 어떤 소설에 나온 인물이 다른 소설의 누군가와 아는 사람인 경우 역시, 현실에서와 마찬가지로 일어날 수 있다고 생각합니다. "세상 참 좁구나", 그런 느낌 말이죠.

한 번 소설에 등장한 인물이 그 후 어디에선가 살고 있을 것만 같아서 지금쯤 어떻게 지낼까? 하고 머릿속에서 상상하는 일도 있지 않나요?

여덟 편의 단편을 쓰는 동안 몇십 번, 아니 몇백 번이나 주말이 지나갔을까 새삼 놀랍습니다만, 잠자는 사이에 끝나버린 안타까운 주말까지 포함해 비교적 재미있는 일들이 있었던 것 같습니다.

이 책이 완성되기까지 도와주신 모든 분들, 이 책이 세상에 나오기까지 힘써주신 모든 분들, 그리고 이 책을 읽어주시는 모든 분들께, 마음 깊이 감사의 말을 전합니다.

02

비행기를 타고 출장을 가야 할 일이 생겨 시간을 가늠해보니, 근처 역에서 공항까지 전철을 타면 출퇴근 시간과 겹치게 될 모양새였습니다. 그 시간에 전철을 타면 트렁크가 얼마나 거추장스러울까, 혼잡한 시간을 피해 가야겠다고 단단히 마음을 먹고 이른 새벽에 역에 도착했지요. 그런데 사람이 거의 없었습니다. 어? 하고 보니 토요일이었습니다.

단단히 마음을 먹고 나간 참이라 맥이 빠졌습니다. 텅 빈 전철에서 아침 해를 맞으며, 주말이 생긴 것도 같고 아닌 것도 같은, 시간의 틈새에서 흔들리고 있는 기분에 휩싸였습니다.

그만큼 제 삶은 단행본 후기를 쓸 때보다도 더 요일 감각이 흐려지고 있습니다. 요일 감각을 유지해주던 텔레비전 프로그램을 요즘 들어 녹화해서 보게 된 것도 한 이유일지 모르겠습니다.

　어머니가 미용사여서 월요일에 쉬었기 때문에(도쿄는 화요일이라 깜짝 놀랐습니다), 어렸을 때부터 주말과 휴일에 놀러 나가는 게 머릿속에서 연결이 잘 되지 않았습니다. 지금은 연중무휴인 곳도 많지만, 그래도 놀이동산이나 전람회에 몰리는 사람들 숫자가 평일이냐 휴일이냐에 따라 크게 다른 걸 보면, 주말에 쉬는 사람이 역시 많은 것이겠지요.

　어디서부터 어디까지를 주말이라고 볼지 사람에 따라 다를 테지만, 달력은 일요일부터 시작됩니다. 적어도 스케줄 수첩은 토요일이 오른쪽 끝에 오지 않으면 찜찜합니다. 요일과 상관이 없는 생활을 한다지만, 어딘가 경계를 두고 싶은 것일까요?

　끝과 시작이 포개지는 곳. 즐거운 기분과 쓸쓸한 기분과 새로운 기분의 경계선. 무슨 일인가 일어날 것만 같고, 특별한 일 없이 지나가더라도 자, 그럼 내일부터는, 하고 생각하게 되는, 역시 주말은 그런 것입니다.

　후기를 쓰는 경우가 많지 않아, 문고본 후기를 쓰는 건 아마 처음일 겁니다. 전 문고본을 좋아합니다. 가방에 쑥 넣어 가지고 다니며 전철이나 카페에서 읽거나, 집에서 뒹굴며 한 손으로 페이지를 넘기는 생활에 없어서는 안 될 존재이지요. 그러므로 내 책이 문고본으로 나오면, 단행본을 낼 때와는 또 다른 온화한 기쁨을 느끼게 됩니다.

단행본 후기 이후, 다시 이 책이 누군가의 손에 닿기까지 열심히 애써주신 분들이 더욱 늘어나 이 문고본이 세상에 나왔습니다. 전에 쓴 후기와 마찬가지로 이 책과 인연을 맺어주신 분들, 앞으로 맺으실 분들, 모두 고맙습니다.

이 책을 읽어주신 분들은 지금 어떤 주말을 보내고 계실까요.

이 소설 속 누군가와 어디선가 스치고 계신 건 아닌지 상상해봅니다.

시바사키 토모카

옮긴이 **김미형**

전문번역가. 제주대학교 일어일문학과 졸업. 일본 주오대학에서 석사학위와 박사학위를 받았다. 『벚꽃이 피었다』『퇴사하겠습니다』『그리고 생활은 계속된다』등을 우리말로 옮겼다.

곧, 주말

1판 1쇄   2018년 5월 18일
1판 2쇄   2018년 6월 26일

지은이   시바사키 토모카
옮긴이   김미형
펴낸이   김정순
편집   김이선
디자인   박수연
마케팅   김보미 임정진 전선경

펴낸곳   (주)북하우스 퍼블리셔스
브랜드   엘리
출판등록 1997년 9월 23일 제406-2003-055호
주소   04043 서울시 마포구 양화로 12길 16-9(서교동 북앤빌딩)
전자우편 ellelit@naver.com
블로그   blog.naver.com/ellelit
전화번호 02 3144 3123
팩스   02 3144 3121

ISBN 978-89-5605-970-9 03830

이 도서의 국립중앙도서관 출판도서목록(CIP)은 서지정보유통지원시스템 홈페이지 (http://seoji.nl.go.kr)와 국가자료공동목록시스템(http://www.nl.go.kr/kolisnet)에서 이용하실 수 있습니다.(CIP제어번호: CIP2018011665)